U0528126

烧鸟

2
残破玩具兵

[日]卡罗尔·曾 著
黄璐 译

新星出版社 NEW STAR PRESS

YAKITORI 2

©2018 Carlo Zen

This book is published by arrangement with Hayakawa Publishing Corporation.

图书在版编目（CIP）数据

烧鸟YAKITORI. 2，残破玩具兵 /（日）卡罗尔·曾著；黄璐译. -- 北京：新星出版社，2023.9
ISBN 978-7-5133-5236-9

Ⅰ.①烧… Ⅱ.①卡…②黄… Ⅲ.①幻想小说－日本－现代 Ⅳ.①I313.45

中国国家版本馆CIP数据核字(2023)第092442号

目录
CONTENTS

前言 _001

第一章　本土任务 _021

第二章　外交任务 _059

第三章　爆发 _113

第四章　行凶 _191

第五章　法治 _257

第六章　烧鸟 _289

后记 _315

商联或对巴尔加星开战

星际通信　商联辖下行星巴尔加爆发武装冲突

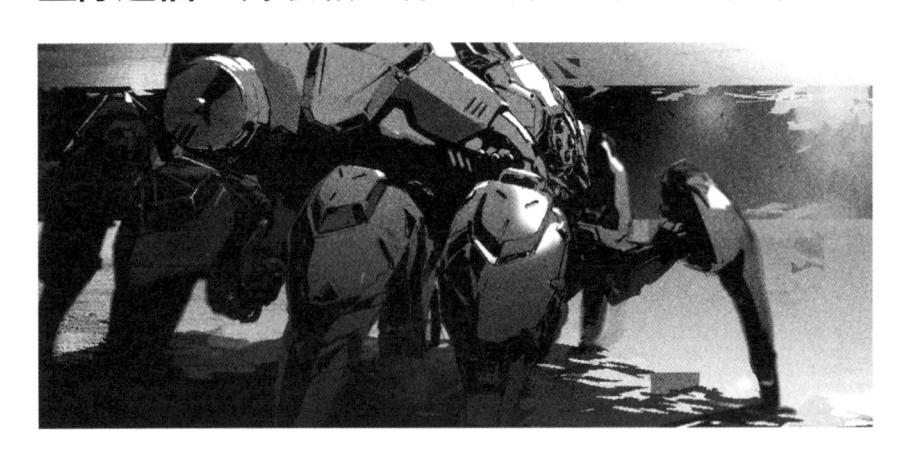

日前，巴尔加星（及其所辖州）欲脱离商联，主权独立的谈判在该星展开，但意外横生，谈判破裂。该事件在商联史上实属罕见，武装冲突一触即发。

18日凌晨，事态极度恶化，担任巴尔加特使护卫的商联军部队与巴尔加自治政府民兵在市区发生冲突。

据快讯，市区内发生了极大规模的武装行动。还有未证实消息称，商联军对智慧种族行星发动了无差别轨道炮击。

专家评论
原商联军第七舰队司令长官、退役舰队司令官维拉兹姆

（无对巴尔加通商权利）

一般来说，商联军无论是舰队还是地面部队，都严格贯彻落实伦理规范。

就以我服役时参与过的作战行动为例，在市区或居民区附近进行军事作战时，我都特别注意。商联军是列强中最注重避免伤及平民的军队。

从我的经验来看，虽然首次战报称我军舰队对有生命行星进行了轨道炮击，但我对其真实性存疑。更何况，战报称我军展开的是所谓无差别轨道炮击。若非执行法定行星传染病封锁任务，无差别轨道炮击是有违商联舰队基本原则的。

大多数列强应该也和商联一样，有类似的官方作战准则。

虽然联邦舰队出于镇压叛乱的需要也曾经进行过几次无差别轨道炮击，但我们商联军未曾遇到过需要开展无差别攻击的情况。商联帝国热爱自由、公正的贸易，行事遵循道德，即便是其中的军事氏族也不例外。

巴尔加日报

战争！！！

18日凌晨，商联军对有独立运动诉求的民众投下质量弹，施以"公正道德"的"商联式"暴行。

商联军在我方市区使用重武器，还对我方进行无差别轨道炮击，指挥此种军队的商联算什么人道主义帝国！！还我们孩子命来！！他们是巴尔加星初升的太阳！！商联！！你这魔鬼！！

Free Intelligent Network（FIN，自由智慧网）

商联军屠杀嫌疑

FIN代表全体智慧生物对事态发展表示担忧，强烈要求事件有关方面搁置暴力，冷静克制地开展对话。此外，对商联在巴尔加的军事作战行动，FIN表示深切担忧。

多个消息来源称，商联军在巴尔加星开展的"维护治安作战"与"维和目的"相去甚远，极有可能是借恢复治安之名进行种族灭绝。

在市区肆意使用重武器，向人

口密集地带投下质量弹进行轨道炮击，有组织地杀害平民，完全是违反《星际种族灭绝禁止法》的行为，如经证实，商联军则犯下了野蛮至极的暴行。

而且，这些暴行也是商联道德法规所明令禁止的。

在我们的认知里，种族灭绝是绝不容许的恶行，默许种族灭绝相当于同谋，同样是犯罪行为。

我们FIN要求商联政府迅速查明并公布事实真相。

商联军发言人讲话

我方正在确认战地实际情况及各种事实关联，因此无可奉告。

联邦公报

联邦大使已获悉商联当局正在巴尔加开展作战行动。尚未有联邦市民卷入其中的消息。联邦当局强烈希望事件双方在主权方面相互尊重。

坚定意志！！！
继续战斗！！！

PREFACE
前言

我成了被告。

以巴尔加大屠杀主犯的身份。

真是笑死人了，商联人的幽默感一定是银河系第一。

竟然说我是"主犯"！是"罪魁"，是"祸首"！！

当知道自己的"罪状"时，我在隔间里笑得快要吐了。

好久没有这样笑得满地打滚了。

我居然还挺感动的。真的，我被感动了。

成了被告也能品出点趣味，好像不太正常。不过确实是这样。

反正我除了笑还能怎么样？真他妈受够了。

刚从垃圾满地的战场上捡回一条命，我就被全副武装、身穿防弹服的犬形人团团围住……喂，你们搞错了吧。

结果，我被套上了"保护具"，那玩意儿可比电子锁重多了。

商联也只有这么一点讲究了。我被细致地套上护齿，尿道和肠道都被插入了奇怪的电线。

也不知道是皮下注射还是什么，营养是从护具外输入的。我被完全隔离了。

以前在货运船上被当作货物，我还很气愤，现在看来，那种待遇还算好的了。

原来商联有心折磨人就会是这样。现在好了，我连根手指头都动不了，真成"货物"了。我就算笑得打滚也不怕会倒地了。

顺便提一下，我周围的商联人都是"警卫"兼"货运人"。确切地说，他们还兼任"保护监督者"。

这群家伙和那些福利院的员工没什么两样。

都是衣冠禽兽，只会假惺惺地说大套话。

不过，陪着我的不只有这些废物。以前在日本简易法庭上，我都是单独正犯，但这次有好朋友陪着我，真开心。

我在垃圾堆里受审的经验比一般人要丰富，就当我是受审专家好了，但这次和以往的经历完全不同。

我是主犯，紫涵也是。阿玛利亚、泰隆和埃尔兰多应该是从犯。怎么说呢，阿玛利亚"从于"我这个说法居然听着挺舒服的。

我可以随意使唤他们啦！……算了吧，强装快活也要有个度。

总之,我们被卖了。被控以屠杀罪的正是我们K321小队。我们只是倒霉基层,勤勤恳恳,只有工资那么点指望。

那帮当官的,把他们干的好事连同"道德"那些屁话统统栽到了我们头上。

他们栽赃嫁祸也太肆无忌惮了。明明是我们从老鼠堆里保护了特使。

那帮浑蛋,没说一句感谢,还从背后捅了我们一刀。

我们这么惨,都托了他们的福。

从单间被单独押解到法庭受审的路上,我快要气炸了。

帕普金那个狗娘养的。

他把我们给卖了,混账!他从一开始就什么都知道!

出发前的麦当劳是所谓的绝交费吗?!

当时我还感动坏了,结果吃了个大亏。

骗人的时候,只要还没到手,就还摆着一张好脸。

结果他也是烂透了,跟那帮福利院员工一个样。

他妈的。

我要气死了,但被"保护具"拘着,动也动不了。

只能老老实实地被拉到法庭上示众。开庭了,闹剧就要开演了。

我正这么想着,外头开始有了变化。

走进法庭来的都是什么玩意?一群一脸蠢相的马?还是说,马一样的家伙?

他们应该就是审判员吧。

除了我，法庭内全员起立，对马面法官们敬了个礼。这么说来，要审我的就是这帮家伙。全员就座完毕后，审判员缓缓开口道："肃静。"

明明就没什么可静的，还特意来这么一句老套话。

"谨以商联名誉、公正及道德之名，我宣布，本军事法庭开庭。"

这也太小题大做了吧。

反正庭审也就是那一套，没什么新花样。我还以为商联法庭会比日本的更讲究实际呢。

估计天下法庭都一样，就爱来这么一套白痴流程吧。

"经遗传信息扫描，确认被告人为被检举人。被告人身份验证完毕。"马面人随意朗读剧本似的继续说道，"下面进行告知沉默权及罪状认否程序。被告在开庭前已知享有沉默权，并声称自己无罪。即被告否认控罪。"

那语气，就像在读一本读烂了的书。

你们靠干这些闲活到底领多少工资啊？

我们可是被当驴使，到头来还成了被告示众。

"辩护人为……抱歉，这是……辩护人身份是……"

按流程照本宣科的蠢马像是发现了错字缺字，满头问号地打起了磕巴，还不可置信地摇了摇头。

"辩护人身份为商联军驻巴尔加舰队军官及商联海军陆战队军官？被告辩护团，在此确认，你方是否为国选辩护人？

原则上国选辩护人仅限一人。"

审判长似乎有些意外。那倒也是，我之前也没想过自己会像阔佬那样，拿钱让那帮蠢驴推推磨。

"被告辩护团为自选辩护团。"狗头律师严肃地说道，"正如审判长所说，我方辩护团由多名辩护人组成。但根据商联法律，自选辩护人没有人数限制。请问对我方辩护资格还有什么疑问吗？"

"……好吧，辩护人符合辩护资格就没问题了。"

"法律职业资格由适用于军事法庭的商联军标准播放规格 TUF-LD2 及司法氏族公认的 D-1、D-2、D-3、D-4 组成。"

这一切我都是头一回经历。不记得有没有跟谁显摆过，我手上有信用币，所以这回上法庭，我请了律师。

准确来说，我不过是用最低限度的"一信用货币"，请了堆爱管闲事的家伙。

"验证完毕。请继续。"

"请您继续。"

狗头律师军团一脸阴沉地对马面审判长点了点头。

虽然我不知道商联军法务军官和海军陆战队军官组成的联合辩护团会怎么为我辩护，但起码比分配的毫无干劲的国选辩护律师要强吧。由军人来当辩护人可能更有意思？

我让他们来为我辩护，是想讽刺一下。

反正就算开庭，结果也不会有变数。期待他们砸两下场子不过分吧。

也许我搅局的愿望已经实现了呢。

毕竟他们的出现,让审判长马脸上的瞌睡立马没影儿了。就跟巴尔加星的老鼠们一样,被舰队轨道炮击后死不见尸了。

就因为那事,我成了被告,所以要我开怀大笑实在是有点难。

这就是报应吧。要是那些可劲儿使唤我的家伙也尝尝暴乱的滋味就好了。要是由我来起乱子就最好了。

就在我想入非非的时候,时间也一直在流逝。

"检察官,请做开头陈述。"

"在本案中,商联军驻巴尔加舰队部分属机密部队……"

在那儿对我的情况随意大讲特讲的是猫头检察官。

他像是要把我被派往巴尔加前的经历说尽了。

我在地球时的事他不提,在火星训练时老不及格的事倒是抖了个干净。

但无论是在地球,还是到了银河系,检察官不都那个样嘛。

他们就跟长多了几根舌头似的,总是滔滔不绝,唾沫横飞。那该叫本性还是什么呢?我说,这猫头检察官到底还要说多久啊?!

"下面开始检方举证。首先,请商联军队职工兼涉案小队管理人出庭作证。"

"辩护方是否有异议?"

马面审判长瞥了一眼狗头军团。狗头律师们窃窃私语了一下，接着，狗头辩护团团长煞有介事地起立，庄重地开口道："我方同意。"

对这个我有生以来第一回请的自选辩护团，我早就不抱希望了。虽然我本来就对他们没抱什么希望，但这群家伙怕是连半点浪花都掀不起来。

只会乖乖地点点头。

我花钱是请他们来干这个的？虽然只花了我一信用币，但一信用币不是钱吗？我的工资可不是白拿的，没准儿国选辩护人还更好呢，不顶用但也不伤财啊。

我急坏了，可另一边，庭审还有条不紊地进行着。我看了看，现在像是要叫什么人出庭，但一看见那人，我就定住了。

"请证人出庭，站到证人席上。"

那人要是按审判员说的照做了，会怎么样呢？

虽然被"保护具"拘着，我还是看得清证人席上那家伙的样子。但我只觉得是自己眼花了。

"进行证人身份验证。遗传信息确认完毕，下面是姓名及作证资格确认。"

等等，为什么，这是要干吗？你他娘的怎么到这儿来了？你还有脸来？哼，你这不要脸的家伙！

抛弃我们还不够吗？你这畜生！

"泛星系通商联合护航委员会指定行星原住智慧种管理局选定业务承接机构——联合国及总督府高级专员事务所联合认证机构认证的特殊太空安保产业泛人类管理负责人，

本人,瓦沙·帕普金作证。"

"验证完毕,你能对本法庭宣誓吗?"

"当然。"帕普金那混账优雅地点点头,接过书记员递去的纸片看了看,做出一副要虔诚宣誓的样子,一手放在胸前,一手拿着纸片,恬不知耻地开始扯谎。

"我向法庭宣誓,我未受胁迫,自愿作证,我将不违良心,如实作证,毫无隐瞒。绝不违背道德与公正。"

他念完后把纸片往证人席上一放,审判长满意地点了点头。

"很好。请开始举证。"

审判长话音刚落,检察官像是再也等不及了,突然站起来,就跟屁股安了弹簧似的。

这个长着猫脸的家伙,干活特别来劲,烦人。

"证人,事态发展至此,实在是让人深感遗憾。难以相信,烧鸟成了被派遣到当地进行大屠杀的嫌疑人……事情结果有违道德……这实在是不可饶恕的。"

我从他的话里听不出半点遗憾,那口吻,就像猫在戏弄猎物。

"实在是难以置信,商联军的军事行动导致了如此可叹的结果。我真是做梦也没想到。不过,证人你呢?作为专家,你觉得这样的结果难道不在可预测风险范围内吗?"

听听这话说的,明明是他们捅的娄子,现在却把自己择得干净。当初分析形势,说巴尔加"零风险"的是他们,现在装傻充愣的还是他们这帮混账。

"这是无法预测的。他们在参与实战之前通过了商联军的所有认证课程。我想向法庭提交当时的数据资料。"

"不过很遗憾,他们失控了,这是事实。证人,我想确认一下,以往的烧鸟是否也做出过这样的违规行为呢?"

"检察官,很遗憾,根据商联军记录,这类违规行为也曾出现过。"

"停。"

浑蛋帕普金刚要举几个例子,就被猫检察官急忙打断。听到这儿,我只能暗暗翻了翻白眼。

只要看得懂庭审这场闹剧,就会知道这你一句我一句的到底为了什么。

那是为了控制庭审。检察官就是一群蛇,早早下好套,就等着我们往里钻呢。

这破猫,连证人作证都要引导一番,快给我去死吧。

"我换一个问法吧,证人,以往是否出现过在市区进行无差别屠杀这种违规行为呢?或者说,你是否对这类行为有所耳闻呢?"

"……据我所知是没有的。"

帕普金的口吻听着很遗憾,但那只是做做样子而已。

我知道,这庭审就是场彻头彻尾的闹剧。

闹剧的结局已经定好了。看看审判长那张白痴马脸就行,说是外星人,也不知道是马星还是蠢驴星来的……不过审判员这类人的表情,我还在日本的时候就看惯了。

他们脸上就写着"你肯定有罪"。

……反正他们也不打算动脑,判个有罪就完事了。

我恨不得瞪着辩护团,想让他们好歹说句话,但我被拘着,他们能不能注意到我的动静还真不好说。

这帮当律师的,这不是你们的工作吗!?不指望靠你们胜诉,但起码要为我辩护一下,反驳两句吧,要不说几句砸砸场子也行啊!?

"好了,证人。也就是说,对非战斗人员施行无差别暴力,极端地说,施行'屠杀',这种彻底违背道德规范的行为是前所未有的,本案是首例是吗?"

"辩护方提出异议。"

虽然已经晚了,但我请来的家伙总算是开始干活了。在满脸瞌睡的审判长允许后,辩护团长煞有介事地开口了,

"该证人并非有权查看秘密军法会议及秘密法庭审判案例的专家,因此,我方无法认可证人具有回答检察方询问的资格。"

"……同意辩护方异议。检方,请变更问题。"

听到辩护方在程序上挑了刺,猫检察官点了点头,不仅没有丝毫的不情愿,还显得大方磊落。"明白。"他答道。那礼貌的举止里,一丁点儿诡计被搅的焦躁都没有。

感觉不太对劲。

我在地球那会儿上庭太多次了,知道检察官都是些任性

的家伙,极度讨厌自己的节奏被打乱。

就算换作猫,换作猴子,他们也本性难移。

不过这个猫检察官是怎么回事,为什么他这么淡定?

"请问证人,这些烧鸟是以你的名义集结而来的吗?"

"是,K321小队是我从地球招募来的。"

"也就是说,证人,你承认引发了这一连串事件的烧鸟是你管理的对吗?"

猫检察官脸上浮起笑容,露出闪光的獠牙。原来是这样,陷阱在这儿呢。我瞥了一眼证人席,就知道我都猜对了。

我看见帕普金肩头一动不动,真是淡定得让人佩服,那是要把我们卖了吧!

"并非这样,事发当时他们并不归我管理,那时我正在火星管理新人。"

帕普金对答如流。这个混账伪装得太好了,要是第一回见,还会以为他有多真诚呢。

审判长对帕普金的鬼话连连点头,看来他是相信这个混账跟巴尔加那档子事没半点关系了。他的眼睛是白长的吧?!

帕普金这是要先撇清自己啊。

从一开始,你就想这么干了吧!

把我们撂下还不够吗?你可真行啊,我还以为你最多就跟福利院员工们一样垃圾,倒还小瞧你了!

你比那群垃圾更垃圾,是我见过的垃圾中的垃圾。

只把自己撇干净,这都叫什么混账事!?

所谓卑鄙小人,说的就是你帕普金!

"好的。那么我再问证人,巴尔加星上的大屠杀是所有烧鸟都可能做出的暴行吗?"

"正如您所知,对烧鸟的精神保健措施是有很多的……"

"技术细节就不必多说了。我就直说了,正因为是 K321 小队,所以才引发了这一事件,如果是其他烧鸟,事件是可以避免的,对吗?"

猫检察官的话多了起来,看来这是个核心问题。帕普金那混账,继续装作遗憾地一顿胡扯起来。

"不过,检方所说的因素是否为引发市区重武器使用、轨道炮击等暴行的导火索,关于这一点……"

帕普金似乎有些犹豫地停住了,他抬头看向法庭的天花板。

这一下子吊足了大家的胃口,就在大家竖起耳朵听时,他又继续编起了大话。

"很遗憾,确实如此,就是说只有 K321 小队才会做出这种事。"

帕普金这回是真说完了。鼻翼张开的猫脸家伙兴奋坏了,紧咬不放追着说:"这一点非常重要。证人,请说明白。"

帕普金这个卑鄙小人,摆出一副理所当然的样子重复说道:"毫无疑问,巴尔加星事件只有他们才能引发。"

这个混账,这个反水的混账!

是可忍,孰不可忍!

他知道这一通胡扯会给法庭留下什么印象吗?

护齿快被我咬坏了。我要大喊:"帕普金!你他娘的反水了是吧!?你相信我啊,相信我们啊!!"

巴尔加日报

商联当局通知：确认《巴尔加日报》违反《紧急治安维护令》第14号，依照《地方公正秩序恢复法》，暂时禁止《巴尔加日报》发行。

补充说明：为平息骚乱，预防暴乱，商联当局要求各辖州媒体在事件真相查明之前暂时自行约束，谨慎报道。在该期间内，若有媒体违反要求，则被视为违反《紧急治安维护令》，包括星系内报道的所有媒体将被暂时禁止出版。

如需了解情况，请参照商联官方发布信息。驻巴尔加舰队司令部宣传处的官方报道将中立、公正地提供精确信息。

商联受保护种族保护项目

驻巴尔加舰队司令部宣传处

针对巴尔加整体局势，商联军正努力与关联各机构迅速达成紧密合作，最大限度地开展符合商联基本理念，自由、公正、道德的工作。

《地方公正秩序恢复法》中的规定并不限制各氏族的权利与自由。因此，全体商联媒体都享有报道自由。

补充：对于非商联氏族的行动，商联现正以商联列强批准的受保护种族保护项目为基础进行监督。

星际通信

"屠杀案开审！"

商联本国军事法庭

商联司法氏族于10日（当地时间），宣布法庭对商联军大屠杀案审判结束。

判决结果预计将于11日下午三点揭晓。

本案被告为商联本国驻巴尔加舰队的5个智慧生命。舰队并未公布被告者的身份，仅称他们并非舰队军官。

存在疑点的是，有消息称一部分商联军人在巴尔加开展军事行动时有意施行"大屠杀"。据巴尔加当地媒体报道，被控以屠杀罪的被告们一边大喊着"把老鼠们杀了！"的歧视语，一边在市区无差别使用重武器。从结果来看，他们主导了无差别轨道炮击。自治政府发言人称，该暴行预计造成上万甚至上十万的死伤人数。

然而，商联当局称，在巴尔加星独立谈判进行时，先使用武力的是巴尔加自治政府方。作为谈判特使护卫的商联军部队是出于自卫才使用了武力，并且已经把间接伤害程度降到最低。当局表示，军队使用的是"最低程度的武力"，对于被告嫌疑，当局正在调查中。

商联军宣传部应本社采访称，"商联军尊重商联的基本价值观及自由、公正、道德的行事方式。关于在巴尔加的纠纷，如果军队确有违规，那我们深感痛心，但该案现正在调查中，细节不便透露"。

Business Information（商业信息报）

10日，巴尔加自治政府（当地称：自由独立战线）通过电视演讲对商联军的大屠杀暴行进行了强烈谴责，并表示，由于商联军的过度武力压迫，和平谈判现在面临着难以跨越的重大困难。自治政府要求商联在谈判重开前引渡"屠杀犯"。

另一方面，商联军事氏族及司法氏族通过官方声明明确表示，对"商联军人及军队职员（以下简称'商联军'）"的审判权归商联所有，商联仅与主权独立的列强缔结引渡协议，并不存在例外规定。商联强烈谴责自治政府过多的不正当要求严重违反了法治公正秩序。

双方持续各执一词。审判结果预计将于明天揭晓。

Trade Times（贸易时报）

商联货抵制潮

发生于巴尔加星的当地自治政府军与商联军之间的冲突，使自由、公正、互惠的贸易关系发展陷入了重大危机。

3日，商联军大喊"杀了那些老鼠！灭了它们！"的视频从驻巴尔加部队司令部流出，该视频充分表露了商联军的种族歧视意识。对此，军事氏族表示正在确认视频真伪中，不便评论。然而，6日，军事氏族承认该视频应该并非伪造。

"商联军种族歧视意识强烈，在市区使用重武器"的相关视频被反复用于事件报道，后果极为严重，商联产品的市场形象极大受损。

贸易氏族相关人员称，商联的"道德项目所生产的道德相关产品"受到抵制，抵制浪潮还在迅速扩大中。商联的金融产品也预计将收到来自一部分贸易对象国取消"道德认证"的正式通知。

受此影响，道德营养食品制造大户 GFSO 宣称，将开展探讨决定是否有必要重新调整生产线，以使其面向商联内部市场。道德金融商品市场方面，商联相关品牌销售持续低迷，公平交易市场股价指数全线下跌。

商联公报

对涉巴尔加被告人——K321 的判决结果预计将于明日揭晓。军事氏族、司法氏族联合声明将遵守法制规则。另外，司法氏族再次表示将从道德角度对相关法律法规进行重新评估。而且，财务氏族通过公开声明表示强烈希望削减相关经费，同时将谨慎应对临时军事费用增加，以期达成本期财务目标。

联盟公报

商联道德性受质疑

无差别轨道炮击、限制报道、秘密审判。

对于上述商联行为，联盟不得不对商联的良知提出质疑，《商联宪章》及商联当局在列强间协商会议上所作声明（第 52 号、527 号、2617 号、2619 号及其附加声明 1 号、2 号）中提倡的"道德性"是否有违道德。

《商联宪章》第 4 条：道德地对待一切智慧种族是商联的基本理念，也是保证自由的一切原则。

《商联声明》第 52 号：智慧种族间的武力纷争必须要有道德下限规范。自由权利的无限行使必须以道德自制为基础，追求公平公正。

《商联声明》第 527 号：商联请求列强全体尊重公正道德规范。

尊重对方享有的一切自由是相互尊重自由主权行为的大前提。

2617号、2619号及其附加声明1号、2号：商联当局强烈谴责联邦的轨道炮击暴行，迫切希望对此种非道德行为处以坚定、严格的处罚。贯彻执行道德规范是我们智慧种族全体的道德义务，是自由公正社会的基础。

联盟对本次案件表示极度担忧，联盟基于道德角度，真诚并强烈要求商联各部门在巴尔加问题上真实地表现出自己所提倡的"道德性"。

联邦公报

联邦大使在原则上并无对商联内政问题发表评论的立场。出于秩序维需要的权力行使如在法律认可的必要最低限度内，则不应被制止。因此，对于商联当局应采取适当的必要的最低限度的措施，联邦当局基于列强间互利性尊重意识，对商联当局的考虑表示理解及尊重。联邦尊重互不干涉内政原则，也将率先遵守相关规范。

流出视频

ID：伊保津明

"打死它们！烧死这群老鼠！一只都别放过！"

商联军发言人声明

该视频的真实性正在确认中。对于不确定事项，我方不做评论。

商联军驻巴尔加舰队司令部记录

把那个泄漏视频的蠢货带到我面前！我要让他轨道空降！

海军陆战队记录

这个尿床的浑蛋，我一枪灭了他！

CHAPTER 1

第一章
本土任务

联盟的联合主义不过是废物的温床。
联邦的血统主义极度排除异己和能者。
所以，商联的自由主义才是高尚的，最优秀的，
自然应当肩负起管理并监督银河的责任。

——商联《命运宣言》

商联人最多有两个家。

一个是生身之家,他们管那叫氏族,比如瓦吉马尔氏族、卡萨瓦卡埃氏族、库由里玛坡氏族什么的。

另一个是职业之家,他们也管那叫氏族,比如军事氏族、外交氏族、财务氏族。

在商联,除了职业氏族,其他的都没什么存在感。

这么一来,异族(生身)人是一族(职业)人这种怪事也是常有的。

也就是说,理论上任何人都可以属于"职业氏族",我们这些从地球来的也一样。

当然,我知道那只是个表面规定。

我们这些辖州平民,哪成得了"有家的人"呢?

我们不过是"外来人",有的只是不明不白的"市民权"。

市民倒是市民,不过无家可归。

说到底,操着斯里兰卡话的市民就是商联里的外来人。

对纯种商联人来说,"市民"只不过是对"外来人"的礼貌说法,并不意味着是和他们共建家园的一员。

就算是军事氏族也一样。

你猜,商联那帮家伙管我们这些"烧鸟"在内的"市民军队雇员"叫什么?

叫"快餐"。

真不知道是该惊讶,还是应该讥讽,这称呼居然还白纸黑字地写在公文里。

总之,不属于商联地头蛇家族的人,不会受到一丁点期待。所以我们这种"快餐",还有"外来人"的待遇也和纯种商联人差远了。

更让人大开眼界的是,他们商联人搞歧视似乎没有一点恶意。

……总之,我们这些烧鸟就是不受期待的快消品。

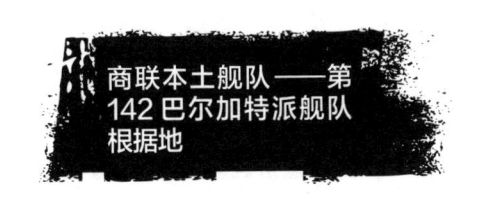

> 商联本土舰队——第142巴尔加特派舰队根据地

火星至商联本土的航班上。

这一路走来,其实就是一次又一次麻烦得要命的换乘。

被塞进火星发出的货船还好,但那之后,我们足足换乘了六次。

一开始船里用的是火星标准时间,换乘之后就变成了商联标准时间,我被时差折腾得打不起精神。最后终于到了商联本土范围内的轨道设施时,我都要累趴下了。

而且船一入境,一群口岸官员就冲我们走来。

体检、检疫,还有其他数不清的"入境手续"一股脑地拥上来,我们就跟被舔了个遍似的。不过,或许我们真被舔了也说不定。

毕竟这帮外星人长得跟狗似的。

他们可能跟我在火星上见过的厄古斯武官是相似的种族吧。

至于在商联本土参观学习的机会,那是连影儿都没有的。

毕竟我们连靠近轨道设施的闲工夫都没有。

我们从入境口岸被直接领到了摆渡船,然后直奔太空里像是舰队专用的军事卫星。

在摆渡船里看见的军事卫星真是……巨大无比。

一问才知道,那是把一颗小行星整个变成了商联的要塞。该说是豪气还是什么呢,银河系列强做什么都是大手大脚的。

当然,在偏执这一点上,商联异常地讲究。

一登上全貌不明的军港,我们就立马被带到了灭菌室。

那刚刚的检疫算什么呢?我正纳闷着,就被淋了个透,完后还要给发新的航天服。

先发的居然是航天服而不是便服,真是没想到。

从灭菌室被放出来后,我就被催着快走……这下我感受到军事卫星有多繁忙了。

但我可能还是低估了这里的快节奏。

在跟着管制AI去分好的床铺的路上,迎面走过的所有人,所有人?!都小跑着,像是要摆脱人工引力似的。

如果只有我们在步行的话,那画面也太奇怪了吧。

在商联那帮家伙的根据地里,就没有"慢慢来"这一说。

所以,我们能不能慢慢来还要画个问号。

当然不可能!我们得快起来!

刚到住宿区，正要往分好的床上躺，我们就收到了等待即刻集合命令。

"逗我呢？"我边喊着边从床上弹起，刚把"超满足"的管子硬塞进口袋里，集合命令就来了，要我们马上到指定房间里集合。我们就像上了发条的机器一样冲出了睡房。

这下我明白为什么大多数人都在小跑了。

万恶之源就是商联军那变态的高效主义。

说白了就是不跑也得跑。当然了，周围的人都在小跑。

好吧，那就跑吧。我心里恼火，按管制AI的指示跑起来，最后到了一个准备会议室。

反正我可不要迟到，边想着，边急匆匆地冲进房间……这……

一眼扫过去，指定房间里聚集了奇奇怪怪的家伙。

这是太空动物园啊，还是什么博物馆展览啊？

我之前也见过长着狗脸和猫脸的商联人，不过……这里头的家伙完全不是一回事好吗！这么多个种族，应该是从太空里招来的吧，聚在一起跟大杂烩似的。当然了，他们长得五花八门，而且体型大小也不一样。

这房间里乱七八糟的，可别想消停了。

"……明明长着张猴脸，居然四条腿走路。那是什么，半人马吗？还是吐火兽？"

"快打住吧，阿玛利亚，搞歧视可不好。"

挨了泰隆的训，阿玛利亚一赌气，把嘴一闭，板起脸来。

那应该就是句无心戏言吧。幸好火提前熄了，没闹成矛盾。反正紫涵那家伙是少有地积极。

"对于某个种族的外表，还是不评论为好吧。因为大家都说斯里兰卡语。"

紫涵看似无意地说着，却是在重重地提醒阿玛利亚。

虽然这里怎么看也不像是寻常地方……不过，一想到说坏话会被听到，就觉得这里真是太讨厌了。

"说到这一点嘛……大家应该都一样吧。"埃尔兰多说道。

"你指的是？"

"你看那边就是啊，他们窃窃私语地说我们呢。而且那人应该是在提醒另一个吧，你看他，摆了摆手，像是让同伴别说话。"

哦，原来是这样。

这就是多个种族聚在一起的画面啊。少根筋的白痴在其他种族里也是有的吧。

这帮家伙实在是蠢得要命。

首先，明明就没有确保其他种族有着等于或劣于我们的听力水平，这样说别人的坏话不是白痴吗？居然还搞这种到处得罪人的小动作……

所以说，脑子不好使的家伙就是容易坏事，或者像阿玛利亚那样，自信心爆棚，捅篓子也没什么稀奇的。

不过，我对其他家伙更好奇。我们之外的那些雇佣兵，他们究竟有多能打呢？浑蛋帕普金，快给我说清楚！

所谓的烧鸟跟聚在这里的家伙们比起来,哪方战力更强呢?……虽然这里不是火星的"厨房"了,但我们不会又是垫底吧?

我有了不好的预感。我摇了摇头,把想象中最糟的情况踢出脑海。

妄想、抱怨、哀叹、不安,都是因为想多了。

现在是不来也来了,所以我要尽量地注意周围环境。注意力是不会骗人的。眼见着,门口那边来了个长着狗脸的外星人。

虽然不确定,不过如果没看错的话,那应该是个商联人吧。

错不了,那家伙穿着的像是商联军服。

是来做说明的还是?我正寻思着,那个突然出现的犬形人就直直地往讲台上闯。

那家伙在向商联旗敬礼时才认真起来。不过,礼敬了,他少得可贵的敬意似乎就耗尽了。看向我们的目光嘛……根本谈不上亲切。

"各位快餐,注意!下面进行整体说明。"

这狗看着架子不小,说话拿腔拿调的。

而且,谁是"快餐"啊?算了,待会儿再说。现在我要全神贯注地听这家伙说的什么。

"如各位所见,本次是混合种族部队。这的确是非常罕见的编制,但我已申请了必要的、符合各位多样性的编制。"

这家伙,毫不掩饰自己的不满,还滔滔不绝地说着。

"各位的任务是担任特使护卫。出于对巴尔加现状的考虑，外交氏族派遣了特使前往，各位要做的就是随行。各位既是仪仗队，也是特使的近卫队。"

商联人做说明时，其他人向来只有听的分儿。

特使是个什么东西？什么巴尔加，到底是哪里？从刚刚开始，我就满头问号了。

"也就是说，希望作为仪仗兵的各位能表现出商联的多样性。"

什么"也就是说"？虽然他说得很清楚了，但我还是不明白。

这商联人只是一个劲儿地说自己的安排，这样的说明显然是不充分的。

"当然，希望你们用心留意瞬息万变的形势，在当地守规矩，不做违反商联道德规范的事。我就明说了吧，希望各位能够自律，不违道德伦理。"

在商联的词典里，"瞬息万变"这个词是怎么解释的啊？

"关于巴尔加基本情况的详细说明到此为止。"

啊？

喂，开什么玩笑？就这么点？

说了这么几句，就跟费了多大劲似的走了？

我边想，边盯着匆匆离去的商联人的背影。他用那几句话就把详细说明糊弄过去了吗？！

"噢，对了，"一下讲台就直奔出口的犬形人似乎在半途想起了什么，脚步一顿，说道，"特使以下级别的外交氏族人员现在正在做出发准备。各位可在后日出境前做准备，请各位和自己的负责人进行适当协商后进行恰当准备。"

看来，刚刚的"到此为止"是真的"到此为止"。

商联军人的一举一动都是那么的漂亮。

"解散！"一向房间里宣布会议结束，他就像是解决了一桩麻烦事似的小跑着走了。

剩下几个种族的人满脸疑惑。

不过，乱糟糟的房间慢慢有了变化，各种族的人都自顾自地吵嚷着离开了。啊，难不成是因为这里也有先下手为强的习惯吗？

真是混乱至极！

我们挤在人群里走着，埃尔兰多被好几条腿的外星人踩到了脚，阿玛利亚一不留神踩了好几条腿的家伙的脚，大家边互相"用礼貌的斯里兰卡语道歉"，边从准备会议室连滚带爬地出来了。刚出门，就有人朝我们喊："各位，来这边！"

招手让我们跟他走的，正是帕普金那家伙。

帕普金大步流星，自顾自地走着，一股坚信我们会跟上的傲慢劲儿。他以为我们爱跟在他后头吗？怎么可能？

"明，怎么办啊？"

"泰隆，怎么办啊？"

我俩都叹了口气。

反正我们也没什么可选的，而且也由不得我们选吧。

是要去我错念成"MC当劳"的地方吗?地球的麦当劳……那里我可喜欢了。到那里的话,起码座位是可以选的。

"我可要走了啊。"

"我知道,阿玛利亚。等会儿,都说了我和明不想当帕普金的跟屁虫嘛。"

"你说什么?"

"哎哎,泰隆,把我们的喜好强加给别人不好吧……"

我正要放纵大笑,被"啪!"的一下掌声截住了。

"好了,差不多得了。我们走吧。"

埃尔兰多也真是的,就开个小玩笑而已。跟着笑笑就好啦,顺便减减压。

我叹了口气,劝了那家伙一嘴。

"那个老装正经的家伙还真是个乖孩子。"

"我只是不想起矛盾,这样总比坏孩子要好吧?"

埃尔兰多瞪了我和泰隆一眼,无力地摇了摇头说:"走吧。"

我还是跟着走了。反正也没别的可选了。

不过……帕普金大步走向的地方,居然是分给 K321 的床铺。

他刚刚一副装模作样要带路的样子,结果就是要带我们到床铺。

我挺失望的。面前,帕普金随手拉出一把椅子,坐下后缓缓开口道:"各位也坐吧。"他那举动真让人讨厌。

装得跟这屋里他做主似的。

"刚刚各位在准备会议室里已经听了简略的说明,下面我来做详细补充。这有利于各位准确理解任务的概况。"

接着,帕普金跟往常一样径自说起来。需要理解的事情有很多,我还是打算先听听帕普金怎么说。

不过在这方面,泰隆比我更直接。

"那个名字听着跟傻瓜还是蠢货似的行星上发生了什么啊?"

听了泰隆的追问,帕普金这家伙也只能简单回答说:"价格谈判,就是说……降价谈判。"

"什么?"

"各位,就是说,那里正在进行主权独立的价格谈判。"

帕普金觉得或许让我们提前知道也好,就主动开始说道:"在商联,达到一定的标准就可以获得权利。具体地说,就是可以从'辖州''升级'进入本土范围。另外,还可以通过谈判实现'脱离商联独立'。"

"……可以脱离商联是什么意思?"

紫涵满脸的难以置信,惊讶地问道。

帕普金听了没作答,只是轻笑一声。

"这只在制度上是可能的。实际上,几乎没有脱离商联的先例。"

"就是说,也不是完全没有对吧。"

"你说得对,紫涵小姐。"

这话说的，看来帕普金这家伙也承认这种可能性的存在。

当然，看看浑蛋帕普金那乐呵呵的样子就知道，他话说得温和，眼里却没有半点笑意。这太能说明实际上脱离商联就是史无前例的事了。

但是这世上不懂潜台词的人似乎还不少呢。那个想要插嘴的阿玛利亚就是一个。

"我搞不懂。脱离商联应该就是不可能的吧？"

"为什么这么说呢？阿玛利亚小姐。"

"要是认可所有的脱离独立运动，还能坐在谈判桌上？地球史上不存在这样的国家，商联在太空史上也算个特例吧？"

"你说的很不错，不过，就算是商联人，在那事上也是思来想去。"

帕普金点了点头，一脸平静地把手伸进兜里，掏出一张商联的电子结算卡，得意地朝我们显摆了一下。

"其实啊，想再多也比不上这个。"

"有卡能怎么样？"

看着阿玛利亚纳闷的样子，帕普金把卡插进旁边的自动贩卖机，买了五个"超满足"，连包装直接一个个扔给我们。

"来，'超满足'。吃不吃随你们喜欢。"

我接过包装袋往下瞄，里头还是"超满足"，要是它能变成别的东西就好了，随便什么都无所谓。

"……除了这个，别的什么都好。我都会吃得很香的。"

如果有麦当劳的薯条，那就是意外惊喜了，不过说实在的,只要不是"超满足",就算是超级差评的英国菜我也想吃。就算英国菜跟社会福利政策规定分配的合成餐食一样难吃,跟"超满足"比起来还是能躺赢的。

英国菜完胜"超满足",棒极啦!

帕普金不知道我在想的是什么,只一味继续说着:"是吗?没事,随你们喜欢。不过各位要还我钱哦?"

"啊?!"

面对我们的一致不满,这浑蛋一脸淡定,无耻地撇撇嘴。

"这就是商联基本的手段啊。"

看着我们满脸茫然,帕普金摇摇头,像是觉得我们蠢得没救了。

一举一动不这么装模作样行吗?真是个混账。

硬给我们塞"超满足"算什么事啊,开玩笑也不能太过了吧。

但帕普金这家伙就是不懂协调,任性得让人害怕。感觉他像个高傲自大狂,别的都不管只一个劲儿地说自己的。

"就假设我们地球要独立吧,那样的话会发生什么呢?"

"啪"地一拍手,帕普金不等我们回答就开始扯淡了。

"首先,地球得支付商联技术的相关'专利费'吧。总之,除了跟商联打交道之前就有的技术,其他通通都要被收取'专利费'。"

"专利费?"

"就是权利费,明先生。"

只有到谈钱的时候，才会连帕普金都不说暗话了。

这下，什么又臭又长的商联头衔，那些难懂到诡异的手续，拐弯抹角的说辞全都没了。这家伙就是谈到钱才会说话明白清楚吧。

难不成是谈到钱就一切都万岁？

"现在，商联99%的辖州都依赖于商联的技术。生产方式方面如此，说实在的，消费者方面也是如此，这些全都有专利费产生。至今大概累计有好几代的债务了，而且还有利息，复利率是7%。"

虽然我不太懂，不过光听着就感觉很糟糕，这条件也太恶心了。想要脱离商联，简直就是自寻死路。

"在还清债务前，商联持续拥有'星系领内管辖权'和'行星主权索取权'。当然了，只要不拖欠还款，这些权限是会按规定冻结的。"

"然后呢？如果还不了怎么办？可以申请破产吗？"

泰隆硬邦邦地发起了牢骚，帕普金听了冷冷答道："拖欠巨额债务会怎么样？那么行星就不能主权独立了，还款逾期第二天，债权回收舰队就会出动，顾名思义，回收行星上的一切。"

帕普金对我们扬起拳头。"用这个！"他说道。总之就是使用武力。接着，他一转手，手心朝我们。

"什么啊，帕普金？"

"啊？你们还不清楚自己的角色吗？你们也要为商联对

穷人的无情蹂躏出一份力哦。"

"什么？！一听到这儿我差点噌地一下站起来……不过我懂，说白了，商联人就是要把脏活推给"外来人"做。

就是烧鸟得去要债了。

"……这事听起来真令人作呕。"

"阿玛利亚小姐说得很对，这事让人听着窝火。我说个题外话吧，商联辖州在进行独立谈判前有义务举行居民投票。"

"那怎么了？民意是肯定要听的吧。"

阿玛利亚不解地歪歪头说道。的确，投票是最坏的方式，让一大群蠢货代替一个聪明人掌握决定权……投票被蠢货顺手拿来干蠢事也不奇怪吧。

"要投票决定，那就投票决定。问题在于内部操作。"

"不过嘛，"帕普金轻快地挠挠下巴，"恰当的商联式民主投票是底线。"

商联式。单是这个词就让我感到不靠谱。

应该不只是我，别的家伙脸上也一下子僵住了。

"'商联式'是怎样的制度呢？"

埃尔兰多提了个可怕的问题。帕普金淡定地点点头，说道："商联因为是民主政体，所以极力鼓励投票。不投票的选民还会因不履行民主义务被处以定额罚款。"

之后帕普金停住了，似乎是说完了。我们是应该让他再说几句吗？

"就那样？"

问是问了，不过我马上就觉得应该是白问了。

"不不不，怎么可能呢？"

帕普金有些可疑地笑了笑。

其实只是扯了扯嘴角。

这家伙的眼里还是没有笑意。看来是不该问的。我明知有雷，结果还是踩了个正着。

"正因为商联热爱民主主义，所以甚至还积极认可有承担费用意愿的选民可以'随意为民主主义做贡献'。"

这都什么跟什么啊？我不说话了。但我旁边的紫涵像是要强行追问。

"……您说的是什么意思呢？"

"有句标语，叫'不要强制的小范围民主，要自发的更广泛民主！'。它体现了有特色的商联独有的民主投票制度理念，明白吗？"

紫涵嘟囔了一下。她说的不是斯里兰卡语，那是中文？

我完全没听清她说了什么，但我清楚感觉到，她对帕普金说的那些没有好感。她这个墙头草，大大咧咧地表达自己的厌恶，其实一点用都没有。

特色，自发，独有，还有比这些说法更不靠谱的吗？

帕普金平时就很可疑，今天更是哪儿哪儿都不对劲。

真是烦死人了！我感觉越来越忍不了他了。

帕普金接下来的话更是让人不快极了。

"其实不是要罚款，是要督促人去投票吧？"

"我很抱歉,埃尔兰多先生。你似乎对民主主义理念有很深的误解。"

"……是说起码不同于在地球上的理解吗?"

埃尔兰多忍着怒气反驳道。帕普金听了,只是扯了个怪异的微笑,摆了摆手。

"在商联,只要出了追加费用,就可以追加投票。而且,费用是交到管理投票的商联司法氏族的账户里。"

帕普金总是这个样子,说什么都好,到最后都会归结到钱上。接着他还低声补充说:"商联的法定货币,信用币,就是信用。你们不觉得只有汇集了最多信用的决定,才是最大多数人的最大幸福吗?"

"就是用钱操纵选举结果?"

阿玛利亚像是惊呆了,她摇了摇头。唔,真是没想到。

阿玛利亚这个蠢货,难不成真信了选举这种鬼话?

不过让我意外的还在后头。听了阿玛利亚莫名其妙的牢骚后,有个男的点了点头。什么?好像连埃尔兰多那家伙也相信所谓的选举制。

"帕普金先生,那商联所说的什么道德性会变成什么样呢?"

这话说的,埃尔兰多摆明了就是不认可商联的做法。他继续说道:"金钱凌驾于民意之上,不是开玩笑吗?"

"你怀疑,是因为你看问题的角度。你那个应该是西方世界的角度吧。唔,这么说好了,你到俄罗斯的话应该可以听到不同的意见。"

紫涵应该是知道话题转到了自己。她跟平常一样,做出一无所知的样子,装糊涂地对我们眨眨眼:"什么怎么样?"

"紫涵小姐,你能说一下民主主义吗?"

"没什么可说的。"

"啊呀,真没想到。我本来还想着,照你的经历来说,你说上一句也好啊……"

紫涵眉头微动,帕普金的话似乎给了她的厚脸皮一记痛打。

非要说的话,帕普金真是个"气人的浑球"。

"恐吓方面有什么想听的?"

紫涵这句话听着有点意思。要知道,她平时都不把这种找碴儿的话当回事,只当是耳旁风。算了,这跟我没有半毛钱关系。

要紧的是,帕普金刚刚想要岔开的话题。

我不喜欢给阿玛利亚收拾烂摊子,不过如果可以让帕普金的面具开裂,我什么都可以干。

"那到底是怎么回事?我们想听您回答阿玛利亚的提问。"

眼见帕普金点了点头,表示当然可以,但脸上有些为难。他轻轻动了动手。

"这边是各位的民主主义,"他大大地摇摇左手,又举起右手,"这边是商联的民主主义。"

我明白了。他说的是,两者之间存在距离,或是说两者不是同一个东西。

但他完全没有说明两者之间有着什么差异。当阿玛利亚和埃尔兰多追问两者差异时，帕普金像是吓坏了，摇摇头说："各位，这里可不是大学学院哦。"

帕普金轻飘飘的一句话可把我给惹火了。

虽然我自认不是能忍的人，但也不至于一点就着。但是……这混账实在是太可气了。

可以骂回去吗？"这里不是大学？可不是嘛。我可得谢谢您的悉心教导了呢！"

我之前也想上大学。我是被帕普金招募来的，他早就该死地知道我无路可走。谁会乐意当烧鸟呢？

如果有别的路可选……如果我可以选的话，我铁定不选这个。

"喂，大家怎么不吭声呢？"

我狠狠瞪着浑蛋帕普金，勉强深呼吸平复情绪，平静地回答道："帕普金，是你先开始这个话题的。"

"所以？"

"希望你可以继续说明。"

混账装糊涂是吧，那我就给你讲讲道理。

"倒也不会要求你手把手地认真讲到我们理解为止。但说明情况难道不是你的义务吗？"

"你说义务？好吧。不过，这就是我的回答。"

"什么？？？"

我们不由得问道。虽说现在不是猜谜，不过，实在是把不准这家伙有没有在正经回答。难不成他在玩让人搞不懂的文字游戏？

"就是义务这个理念。K321 的各位，你们认为商联理念里的公正是什么呢？商联的公正其实是义务的附加品。"

帕普金还是用那副不靠谱的嘴脸在扯胡话。完全不懂他到底要说什么。

"明明不是义务，却主动多花钱去表达意愿是值得尊敬的，甚至还是公正的。你们不觉得这是高度民主精神的流露吗？"

"这种歪理差不多得了吧！"

帕普金并不把泰隆的挑刺当回事，也不反驳。当然，帕普金也不是一声不吭。

"泰隆先生，是歪理也好，什么都好，那就是这里的常识。出钱，就是不惜花钱去表达意见，是公正的方法。"

"……真是难以理解。"

"泰隆先生，我也不太能理解，但我希望你记得。这个就是商联模式，也是商联势力范围内的重要原则。"

帕普金继续说着，像是要解释。他说，商联决策基本上是以公正的投标为基础的。

双方中一方在砸钱，另一方也会砸钱。

哪一方砸了更多的钱，就是承载了更多的意见。

总之，商联式民主主义的玩法就是承载了更强意愿的一方胜出。

"就是说，主权独立投票就是拍卖，要是堆的钱比商联的多，就可以买下独立谈判的权利。"

帕普金故意把话说得难听，到底是把要说的说清楚了。这确实就是靠钱竞争。

用一句话来说，就是残酷。

这下，我想起了在准备会议室时听到的派遣特使，巴尔加人一定是用了什么方法买下了谈判权。

"当然了，结算的话可以用当地货币，也可以用商联信用币，商联有信用币发行权。不过，权利买下来肯定贵得吓人。"

"是贵得要命吧。"

我不由得插了一句嘴。

"这手段，是要让人一分钱都不剩啊，太恶心了，这钱不脏吗？！"

我不知道巴尔加那帮人交了多少，但我明白金钱的分量。

有钱就能买自由了。自由说到底也只能用钱买。只是自由这玩意，单靠买是得不到的。

想要一直自由，就需要钱，非常极其十分需要钱。

想从社会公共幸福组织的"暖心免费公共住宅"搬出来，住上属于自己的房间的话就需要钱。如果交不起每月的住宿费，就得求"暖心的幸福员工"让自己滚回"公共住宅"。

那多折磨人啊。

说白了，"残酷"这词就是因此诞生的。债务像是要把人一点点折磨死，实在太毒了。

"而且，就算是付清了钱，'独立'也只是'行星主权'的独立而已。"

"……听了你说的，我也明白限制是很严格的了。"

阿玛利亚的牢骚让帕普金正中下怀似的点了点头。

"星系主权是专属商联管辖的。按规定，行星主权的范围到亚轨道为止。"

亚轨道？

"那个亚轨道，其实是什么啊？"

"那个啊，行星可以往上面发射老式人造卫星，但要想发射探查卫星就需要得到商联的批准。"

就是说自由也是按程度收费的。

我懂了，商联其实就是不允许行星独立。一旁的紫涵说："那就是说可以进行太空开发吧？真是有点意外。"

"意外？为什么呢？"

"帕普金先生，很简单啊，因为商联本来就是用封锁行星来警示别的行星，然后把它们剥削干净的啊。"

"商联是自诩道德高尚的。不必要的残暴、残忍、冷酷的行为是违背道德的。商联人呢，乐意做交易。"

"那就是……有必要的话，商联也是干得出那种事的吧？"

紫涵明白了似的点点头，帕普金看了苦笑了一下，但没有否定她。总而言之，言而总之，就是紫涵说的那样吧。

打着"有必要"的旗号，就什么都干得出来，这也太可怕了。

"独立就是和商联一刀两断。商联为什么要对谋求独立的行星给予主权领域通行上的方便呢？当然，这是原则上的理由，但是……"

"原则上的？可是从刚才开始你就一直吞吞吐吐地……"

紫涵穷追猛打地说道。帕普金对她摆摆手。

帕普金像是不耐烦了，脸上有点失望。

是因为紫涵的追问让这家伙没法再拐弯抹角，小题大做了吧。

"唉！"帕普金像是无意地对她叹了口气，开口说道，"是因为钱，就是因为钱。一切都是钱的问题。"

结合之前说的，帕普金这话太好懂了。但紫涵还是一副愕然的样子，摇摇头，嘴里还不停用斯里兰卡语念着"钱，钱，钱"。

这时，埃尔兰多又插话了。

"打断一下，帕普金先生，如果是那样的话，那就连行星的太空发展都得由商联按费用多少来决定是否批准了？"

"是吧，不过，要开始太空开发的话，要另外和商联缔结双边协定。已经获准进行太空开发的行星嘛……虽然只有几个，但肯定是有先例的。"

"代价应该不小吧，要获得批准的话。"

"那倒不是吧。"

帕普金否认了，但听那嘲讽的语气就知道，他其实是认可的。泰隆兴致勃勃地追问道："那你告诉我们吧，帕普金，具体代价是？"

"没什么可说的，真没什么意思。"

"然后呢？"

浑蛋帕普金像是要快快结束这个话题，他不客气地说："这是你们该知道的吗？"

这家伙不想让我们知道的才是我们该知道的，一定是！

"帕普金先生觉得没意思的事，说不定是会让我们大吃一惊的新奇玩意呢。您方便的话就给我们讲讲吧。"

还想装傻开溜？我就不让你得逞。反正我知道，这帮人讨厌的就是别人不依不饶。

我可不会放过让他不痛快的机会。

帕普金叹了口气，脸皮似乎又厚了起来。

"明先生，代价就是没有梦想，没有机会。就拿地球来说吧，假如地球和商联签订条约，约定人类只在亚欧大陆活动，其他的大陆割让给商联，这样的条约也就换得'一艘移民船'，这样的前例可是有的。"

主权独立是没有梦想，没有希望的。

听了帕普金说的，真是不懂这有什么好隐瞒的。

帕普金说得对，他说的相当易懂。商联那帮人，浑身都透着残忍。

不过，我倒想知道帕普金为什么支支吾吾的。

"总之，独立也好谈判也好，有钱就行。要是连钱都交不起，那就行不通了。或者应该说，在商联就得一切向钱看。"

帕普金得意扬扬地说道。阿玛利亚听了一脸不痛快地发泄说："……有钱的辖州和自治州也不能不在'商联体制下'，因为只有那样才能实现利益最大化。也就被'富裕'这个项圈套牢了。"

"阿玛利亚小姐，你说得太好了！完全正确！"

帕普金拍拍手，像是在表扬出色的学生，他满意地微笑一下。

"商联的基本立场就是——告知独立成本，让对方自行判断。如果没有特殊情况，是不会有独立骚乱那种事的。"

就是说，商联用钱控制辖州。

商联借钱给辖州，逼它们乖乖听话。

又是这一招，太恶心了。

我突然想到，我不了解巴尔加人，不过那帮家伙可是只买最贵的，他们应该和掉进钱眼里的商联人不一样吧。

而且，我们怎么就聊到这里了？

怎么回事？我摇摇头，更感觉到不对劲了。

不过想想也是，这个谈话本来就不正常。

"帕普金，我想问一个问题。"

"说。"

"如果说商联是财迷，他们为什么还要掏钱从各个种族招人呢？"

"什么意思？"

"用一个种族的人来组部队不是更便宜吗？"

我只是单纯地感到疑惑，只是想知道商联为什么要那样大费周章。没想到帕普金听了居然满意地点了点头，真是倒胃口。

"明先生，你的角度很好。看来你对商联的理解在不断加深啊，真是再好不过了。那我就来继续教你吧！"

"啊？"

"听好啦，"这家伙直接继续说道，"商联啊，还信奉多样性。商联坚信，就算是不同的种族，也能用自由贸易利益让他们集合起来。用来炫耀多样性的钱还被纳入了必要经费里。"

像猪一样，以同伴多为荣？

"是要夸耀'我这边人更多'吗？"

"对，就是那样。没想到商联做的事还挺单纯的，不是吗？"

如果商联真像帕普金说的那样，就算只有一半是真的，那这帮家伙也挺奇怪的。

"太随便了。"

"怎么了，泰隆？"

"跟大头的家伙一样……真倒胃口。"

泰隆满脸反感地摇摇头，像是要骂商联人无可救药。

"我讨厌这样的做法。"

"我和泰隆一样。"

"好了好了，各位，怨言到此为止。我们谈谈工作吧。"

浑蛋帕普金，一本正经地要换话题。明明是他自己说了一大堆废话，说换话题就换话题，太任性了！

"各位的任务是做特使的护卫。可以说就是仪仗兵。"

"等会儿，这一点需要说明。我们要怎么当护卫？又该怎么当仪仗兵？我们没学过啊。"

就像埃尔兰多说的那样，K321小队是烧鸟。

我们在火星的厨房里学的，除了战斗方法就是战斗方法。

我们哪里知道怎么当护卫，顶多也就对开枪有信心吧。就用开枪执行任务？那执行仪仗任务的话应该打谁呢？

"好问题，不过，答案很简单。你们站着就够了，就是做做样子。商联人真需要护卫的时候都会委托他们的海军陆战队的。"

"反正，"帕普金不耐烦地叹了口气，"你们觉得商联人会把自己的命交给什么烧鸟，或者说交给一堆快餐吗？那怎么可能呢！"

刚刚的那个商联人也说了这个词。我脱口而出，问道："帕普金，快餐是什么东西啊？"

"啊……对，你们确实不知道这个词。"

帕普金点点头，像是明白了，继续说道："'快餐'是商联军使用的一次性器材的统称，指像'烧鸟'那样，由辖州平民组成的廉价替代品。你们明白商联信奉的是一分钱一分货就够啦。"

哼，我冷笑了一下。

这个词真是没法让人开心干活。算了,那些活本来就没人想干。

就算是在K321小队这群家伙里,也没有真乐意被人叫"快餐"的蠢货。我们五人听了,心头火起,狠狠瞪着帕普金。但帕普金满不在乎地继续说道:"总之,这次的任务很安全。至少商联当局是这么判断的。而且,外交氏族是没有理由不让海军陆战队负责护卫的。"

"所以,"帕普金大大地叹了口气,继续说,"风险为零的话,就到了成本的问题了。"

就是从刚才开始就一直反反复复大谈特谈的"钱"的问题。

"正如你们看到的,这个军事卫星是把一个小行星钻空,加工做成的。这充分说明了只要有必要,商联可以往军事这种销金窟里眼都不眨一下地砸钱,不过……如果他们认定一个东西没有用,也会抠门得要命。"

"商联抠门,早有耳闻。"

帕普金彬彬有礼地向我道了句谢谢,接着继续说起了单口相声。

"实际上,商联也并不是轻视必要的经费,毕竟以骁勇忠诚著称的传奇商联海军陆战队也有几个旅被分配在这里。但是……成本的问题是永恒存在的。"

帕普金这话说的,结论很明显了。在我们听厌之前,他清楚地说:"比起商联的海军陆战队,你们这些招来的快餐更便宜。你们也快爱上'市场原理'这个词了吧!"

"伟大的是信用币吧？"

泰隆厌烦地发了牢骚，可把我们共同的心里话说出来了。

"对，也是金钱。"

帕普金用力点点头，露出笑脸。真是让人恼火，不过我不是不明白。

钱，钱，还是钱！

比起那些光说漂亮话的伪君子，帕普金实在多了。

会不会爱上市场原理就得另说了，但我感觉那是完全不可能的。

不过，我偏要追问。

"那我还有一个问题。如果吝惜钱的话，那就不合理了。明明没有风险，为什么还要花冤枉钱带护卫去呢？"

"因为这次需要形式上的护卫。不需要超过形式的，也不要连形式都没有的。"

"这样啊……"我不说话了。

帕普金的回答等于没有回答。我应该怎么理解呢？帕普金也太老实了吧……不过这世上似乎也有人不抄近道就浑身难受。

"什么叫形式上呢？"

阿玛利亚追问道，看来她理解不了。

商联人花冤枉钱？这听着确实很奇怪。

照刚刚的话说，商联人是不惜"必要费用"的，这一点我懂。

其实我也没想通……商联怎么会花钱让我们这些"快餐"

当护卫呢？

帕普金像是知道了我们的疑问。

他忍不住放声大笑起来。这浑蛋坏透了，看什么都觉得有意思，都要笑两下。

"各位有这个疑问是正常的。但是商联人的性价比概念也是很灵活的。所以呢，"他停顿了一下，继续说，"比起让特使单独前往谈判会场，秀一下'商联的军事力量'更能让谈判顺利进行，而且也更像样子不是？无论护卫是帮什么呆子，也比没有强。"

他说的我不太懂。不过，起码有一个人似乎懂了。

"那是……炮舰外交。"

"你说得对，紫涵小姐。所以，希望各位威武健壮地带好仪仗兵装备，进行空降。"

帕普金刚要拍手宣布结束，却又支支吾吾了一下。

他煞有介事地对我们摆出一张苦脸，那样子真是做作极了。这家伙从刚才开始就一直在装模作样了吗？

刚刚为了观察，我一直盯着他，不过完全没看出什么来。

这家伙的表情就跟笑脸面具一样，让人看了不舒服。

"其实并没有什么烧鸟专用的仪仗装备。"

"为什么？"

"紫涵小姐，这也很简单，不是说需求是发明之母嘛。"

"难道说……这次不同？"

"正确，"帕普金微笑着肯定了她的说法，"之前没有必要的东西,也没必要专程为了这次开发。这不是理所当然的吗?"

平时紫涵和帕普金的对话总是话里有话,捉摸不透,不过这回我可听懂了。很简单,可以说是太简单了。可以为成为烧鸟中首批仪仗兵而高兴,也可以因为这个扯淡的任务而生气,真是的,我都不知道该是什么心情了!

"所以我也考虑过让你们什么都不拿就空降,但毕竟关乎体面,所以作为一个有道德的公职人员,我选择反过来。"

"反过来?"

在我们疑惑的目光中,混账帕普金洋洋得意地对我们点了点头。

"总之,就是要像军队一样,展现你们的威武。"

帕普金的脸看着像个和蔼的小丑,但他的躯体看着还是像要攥紧拳头,"哈、哈"地挥动手臂炫耀武力,能把人给杀了似的。

虽然他用笑容作为掩饰,但我还是感受到了潜藏在他深处的危险气息。

"各位,请你们全副武装地空降。带好击针式步枪和榴弹发射器。"

是因为帕普金渴望武力吗?还是说他渴望使用武力?这可太危险了。

"顺便也展示一下重型火力吧。建议你们带上一些装甲腐蚀液体炸药发射器和多用途地面导弹。"

帕普金干脆地提出了几种装备。不过，那些装备是我在火星的时候都没有用过的。帕普金无视我们的困惑，拍拍手说："现在来给你们介绍一下，用好装备都需要些什么。管制AI，管理者要求启动。"

帕普金话音刚落，我们的太空服里就传出了奇怪的机器声。

两三秒后，我听到了熟悉的合成音。

"通知：已启动管制AI……该AI负责支援K321烧鸟小队。"

"……诶？这玩意是？"

"恭喜各位，这个是商联海军陆战队制式的支援管制AI。"

"啊？"

商联这是为什么呢？

"这是加装在太空服上的本土海军陆战队制式组件。你们是不是该谢谢我呢？这个引进许可可比一般烧鸟更费钱哦……"

帕普金故意似的对我们感叹权利费贵呀什么的，我虽然没有蠢到真信了他的鬼话，不过我也明白，就算里头真假参半，那应该也是花了钱的。

"就是说，我们是烧鸟里最先有装备的？"

"对！"

"就是头一回咯？谢谢，您真周到！不过，帕普金先生，只跟您道谢就可以了是吧?"

"你们好好谢我就可以啦!明先生,我给你们置办这些,可让财务氏族骂了个狗血淋头啊。你们要能记得我不容易就好啦。"

瞧他那得意吹嘘的样子,我一下子就感谢不起来了。

当然,我开始怀疑了。紫涵也有疑心,她一脸怀疑地开口道:"天下没有免费的午餐对吧?"

"这是必要的经费投入哦。只要各位好好表现,就是美妙的双赢。我们可是厨师和烧鸟的关系,难道不应该好好合作吗?"

合作!我这是听到了什么神仙词语吗?这可是骗人的时候最好用的词。

我不由自主地,真的是不由自主……嫌弃的话就脱口而出了。

"如果K321小队不是你的小白鼠,那你说的还真不错呢。"

"明先生,你对我可真刻薄。那我就来真的让你明白。管制AI,给K321小队说说他们的各种装备吧。战术的话,选陆战装备。"

"通知:收到厨师要求,下面向各位烧鸟展示装备信息。"

虚拟展示突然出现。

太可恨了!这个居然比我在TUFLE空降舱里用的更清楚。要我吗?

我视线一动,显示端也会跟着变动。显示器是跟着我的视线动的。

要是我稍一定睛，眼前的信息就会跟着聚焦吗？

信息都井井有条的。该怎么说呢？我直观地感觉操作非常顺利。

"那个，帕普金说的重型火力是哪个啊？"

"通知：是装甲腐蚀液体炸药发射器和多用途地面导弹，出示信息。"

我刚刚只是自言自语，但海军陆战队制式的管制AI好像不用叫也会自己开始说明。

显示器上出现了像是发射器和多用途导弹的图像，同时，我的耳边还响起了斯里兰卡语的说明。

"通知：这是火力支援分队的装备。普通分队会受多种限制，装备并不标准。"

接着，显示器又播放了商联海军陆战队队员实际使用装备的视频，那应该是个参考例子吧。这些装备是和那个圆形装甲放在一起组成了动力服吗？还是什么？

就算是那样，看起来也很不轻便。反正就是大块头。

只看显示器出示的图像还是不太明白，但看了视频就知道了，这些装备是不能跟击针式步枪一样拿着到处走吧？

"管制AI，用这些装备有什么限制呢？"

"通知：无法空降。由于这些装备无法放入轨道空降兵的标准空降舱，所以商联海军陆战队的话，要用驻地配有的装备，或者另行轨道空投获取装备。"

好嘞，我懂了。我敢断言，这玩意在说明上比帕普金有用多了。多亏了它，我明白了一点，那就是帕普金提出让我们带的大块头装备太重了。其实我刚刚就感觉到了。

"喂，帕普金，其实你一直都知道的吧？"

"你指的是？"

"我们根本就带不了重型装备那些大块头。首先，要怎么才能把那些装备都塞到狭窄的空降舱里呢？"

"明先生，你以为你是去巴尔加干什么的？你可别忘了事前说明哦。还空降舱……你想去打仗啊？"

"啊？"

"巴尔加星，那可是商联的行星。"

帕普金说话前言不搭后语的，他是个傻瓜吗？是他自己让我们带上重型装备的，现在又说什么，带了就麻烦了，开什么玩笑。

"我不太懂，你想说的是什么？"

"帕普金，是在说带不带你提出的那些装备的事。我是认真的。"

"是认真地探讨怎么空降到行星上对吧？"

"对啊。"

帕普金了不起似的摇摇头，对我大大地叹了口气，一举一动都透着惊讶。完了，他终于说道："那可是商联的行星哦？"

"那又怎么了？"

那家伙面露不屑，发泄似的说道："商联军为什么一定要用一次性的空降舱去发动空降强攻呢？巴尔加明明就在商联的主权范围内啊！你不会想说那上面有敌人吧？正常想一想都知道，要么用大气层登陆飞机优雅着陆，要么用轨道升降机着陆吧？"

说完，帕普金笑了起来。

我不得不承认，他说的应该不错，可恶！

的确。

为什么我会想到用空降舱去空降强攻呢？难道是马里亚纳演习的阴影太深？

真是丢死人了！

CHAPTER 2

第二章
外交任务

主权？当然卖啊。
你买得起吗？
——商联外交氏族

局内人往往得看清自己拿到的牌。

得明白旁人走的什么路子，打的什么算盘。总之，要掂量清楚手里的王牌能不能制胜。

最要紧的是看清局面。

不过，猫有九条命都经不起好奇心折腾。

太过机敏的家犬也一样。

同理，没人会给不听话的看门狗赏什么好脸，只会更勒紧狗绳。闷声不响的犟狗会被勒死，而惨叫过头的胆小狗也不中用。

我还是叫两声，哆嗦哆嗦吧，还得做出明白要求的样子去尽忠职守。我就是这样保住了小命。

危机感知能力我还是有的，我知道危机要来了……我感觉不太对劲,就像被塞进粪坑里似的,一阵恶寒,难受极了。

看来事有可疑。

◎

巴尔加星实在是个美丽的行星,有着蔚蓝澄澈的大气层,和经过不伦不类的商联式行星改造后颜色怪异的火星完全不同。

巴尔加星是蓝色的,那种蓝让人联想到地球。不过……也就是外观而已。

说白了,没有任何意义。

这还用说吗?应该说这是毋庸置疑的。如果只是装饰外表的话,卑鄙小人也能胜任。

要是只看外表来判断事物的话,那还是快快上吊自尽算了。

要是能两眼一闭,两腿一蹬,就眼不见为净了,何乐而不为呢?

接受不了这种想法?那就应该看看身边,好好认清自己的处境,这是和身边恶意满满的人们和谐相处的关键。

我觉得就算在乌烟瘴气的银河里,这也是雷打不动的一大原则。所以我之前极度渴求背景信息。

……虽然能问的只有商联制管制 AI。

管制 AI 是这么说的,巴尔加星的环境非常好,尽管大气中的氧有点过量,但地球的原生哺乳动物在那上面也能呼吸,温度也完全在可接受范围内。唯一的问题在于重力，重力有点太大了，但也不用那么在意。

据说，巴尔加星的重力和商联标准容许的人工重力没什么两样。

管制 AI 给出的结论是"巴尔加星的重力并不会对各部队的行动造成实际障碍……"这种口号说到底还是"商联式套话"。

快要空降的时候，商联还给我们发了麦当劳的汉堡，是心血来潮吗？这也非常可疑。不过老实说……汉堡倒是非常好吃。

吃起来像灌胶一样的"超满足"根本没法和汉堡比。

……商联会只出于好心发汉堡吗？

这跟那帮和善的官僚不搞官僚主义一样荒唐。

好事都是有隐情的。这是绝对的真理。

太可疑了。我强烈感觉到不对劲，是有人遮掩了什么。乘坐的穿梭机一着陆，我就感受到了一种让人难受的重。

非要形容的话，那是种违和感。

就拿巴尔加星的重力来说吧，按套话来说那是在"正常"范围内……但在现实世界里那就大有问题了。

不知道是哪个浑蛋在设定标准。

我得特别说一下，这感觉真是太他娘的重了！

亲身感受一下的话，就算是无药可救的蠢货也能明白吧？

航天服的什么简易辅助功能就是种心理安慰。在火星上单手就能轻轻拎起的击针式步枪，到了这里沉沉地坠着手腕。这也太沉了，都成钝器了。

这和"商联军"的"太空舰队"规定的标准人工重力差不多？扯淡吧。什么容许值范围，连划定人是谁都不清楚，这种胡话让人一听就烦得要命。

看样子，真得好好想想那些声称这次任务安全简单的口号里到底掺了多少水分。

走下穿梭机，望了望四周……这该叫基地？还是只是个机场？这地方前不着村后不着店的。

听说这是商联的屯驻地……这也太简陋了吧。比起这里，东京贫民区的"幸福收容所"还要戒备得更森严呢。

就算这里不是东京的"幸福重装班"贫民区净化作战基地，军队据点至少都会有点军队范儿吧。但这个屯驻地也太不像样了。

没设障碍物，没建防护墙，就连铁丝网都没有拉！

勉强有些像是碉堡的火力点，竟然一点掩护都没设？！

这就是在讨打。

外头倒是有栅栏……但反过来说，也只有那点栅栏了。这么一圈看下来，这一带的治安应该好得上天了吧，不然戒备能这么松懈？

"唔……根本就是不设防啊，是对这里的治安信心爆表吗？"

如果乐观的泰隆所说的就是事实那该多好啊！

要有这么一个不设防的屯驻地放在眼前，一般的废物都会先去捣乱胡来。到这一刻为止，这里都没有遭到过袭击，还真是个奇迹。

如果东京贫民区是这个样子，会被犯罪团伙洗劫吧？

但这里丝毫没有遭过贼的样子。真是搞不懂。巴尔加这个行星到底是怎么了？

"是太有信心了吗？还是只是单纯的蠢呢？但这也太不像样了……"

"明，你怎么会这么想呢？"泰隆问道。

结论很简单，我回答说："这可是只让当摆设的军队进驻的屯驻地哦，商联是觉得这样就够用了？不然的话就可能是太过自信了。"

"对呀！"泰隆把手一拍，说道。

……不过，我倒是从自己的话里察觉到了不好的事实。

商联人那帮家伙，也不是会胡来的。

因为他们也是有脑子的，并不是无可救药的脑残。按理说该是这样，但是……难不成这件事在前提上就有大差错？

上头的人捅了娄子，干活的，也就是我，就得背锅了。天知道要背什么锅。

商联政府连叹口气的空当都没给我留。

他们到底是惜时如金的。我们全都落地后，穿梭机轰隆隆地升空了。犬形人们怕自己的声音被轰鸣声盖过，扯着嗓子狂吠起来。

"全员集合！列队！"

劈头盖脸的号令来得太突然了。这些家伙完全不管我们的状况，就只顾自己。

"各位快餐，整队了！整队！"

太烦了。整队这点事，商联的雇佣兵都能做到吧？还要——指挥？……这么想可就大错特错了。

"排整齐！排好！端正！"

过分空旷的跑道上，几百人在四处乱窜。

商联人反复吼着让大家列队也是白搭。

面前是一片混乱。不知道为什么，各种各样的种族乱哄哄的，连一丁点儿队列都排不起来。

结果，大多数家伙都在一头雾水地游来荡去。

这一群人是商联强调"多样性"而拉凑到一起的，这乱糟糟的样子能震撼到巴尔加人吗？难看死了。不过，我们K321小队在里头也找不着北。

等等，仔细看的话，会发现"同族"的人并不混乱。块头相似的人还算能凑出队列的样子。但同种族内个体身量差异较大的话就难办了。他们不管个子大小，就要排队，这就乱成一锅粥了。

这都是什么玩意儿。

这场景，只能用不堪入目来形容。也难怪商联军官会一口一个"各位快餐"地叫我们。

"不要只靠转写的记忆！自己好好地测量距离！"

商联军官嗓子都喊哑了,在跑道上反复怒吼着。这一吼,让我一下子明白过来为什么会这么混乱。

别的种族,比如说熊、鳄鱼,或者是长得跟章鱼似的家伙,什么都好,他们都是依赖"记忆转移装置"的快餐。

也就是一群只靠死知识、脑子转不动的蠢货。

他们只知道正确答案,却对解题过程一窍不通。

听到要列队,他们就想都不想,依照训练以"我族"为标准去行动。真厉害,简直是蠢到家了。

"现在是要和其他种族一起列队!好好看准你们的前后!注意种族差异!说那边呢,注意前后左右!"

这听起来像是"不同种族的宝宝们,大家好好地拉手手排队吧"。一身军服的军官大人,居然跟幼儿园老师一样喊来喊去。

这是搞笑还是吓人呢?

不管怎么样,这场面实在让人困惑。也难怪商联军人们会觉得记忆转移装置不可靠,但凡有点脑子的人,光看这一幕都会那么想。

就是因为这样吧?

所以商联军才会那么急需帕普金不可靠的"新教育计划",我们K321小队才会累死累活。我好像能理解在四周大喊大叫的商联人的苦处了。这帮人肯定回回都遭这种罪。

"跟从军官的引导!快餐们!不要硬是跟前面对齐!别偷懒,保持左右距离!"

商联军那帮人要把这一团无序硬塞进有序框架里，所以就不管三七二十一，利落地把这个多种族混合部队塞进了方阵里。

那么熟练，肯定是因为经历过无数次了吧。

"对！好了，列好队之后原地站立待命！"

整个队到底要费多大劲？不过，虽然花了点时间，行动也马马虎虎，但队伍好歹是在基地的跑道上排列起来了。接着，一辆豪华陆上车停在了我们面前，两个商联人从车上下来。

"报告！里美尔武官及手下商联军警卫队到任！"

"有劳你了。"

那个人穿着军服……还是个长着狗脸的家伙……他向一个浑身亮闪闪、穿着礼服的猫脸商联人敬了个礼，打了报告。但像是什么特使阁下的猫脸人很敷衍，草草还了个礼就匆匆回车上了。

留在原地的军服狗身子一转，再次面向我们，马上继续下令道："护卫外交氏族的特使阁下！按队列前进！"

刚才他们一直喊破喉咙，费了好大劲整队，现在居然只下了个全体队伍保持队形按队列前进的命令？

说白了，这也是因为别的指望不上我们做吧。

我们这个混合部队，乱得跟菜市场似的，而且大家的常识都不一样。要是在厨房的演习里，这就是个好打的靶子，就算是在火星上反胃呕吐的我们也能把它扫平。

这就是个纸糊军队，唔，真是个纸老虎。

不管怎么样，命令要大家跟着队伍前进。K321小队所在的队列也开始自然地往前移动了，我们也准备跟着走起来。

就在这时。

"等等……那边……那边的快餐！不对，那什么……想起来了，烧鸟！烧鸟们，出列，到这边来！"

刚走没几步，我们K321小队就因为太扎眼，被像是商联海军陆战队军官的犬形人叫去问话。

把我们叫住，又让我们出列，肯定要有麻烦了。

重型装备本来就沉，再加上这里的重力跟地球上的差不多，不像火星上的那么小，我们只能费力地卸下装备，迈着沉沉的步子朝军官大人走去。

那个军官心里有火，K321小队一本正经的态度好像让那火更旺了。

"那是什么？干吗把重型武器带过来？"

他一见我们的装备就惊呆了，脱口问道。

"你们重新确认一下外交氏族的行前限定事项！仪仗方面，统一用第一类礼服。实战装备显然是违反规定的。"

这是在骂我们背了些什么鬼吗？他就那样盯着我们刚刚扛着的重型武器，眼神严肃极了。

……算了，他说的也没错。

虽然我们不知道这是违反规定，不过他说的很对，我们没有一丁点仪仗的样子。反正我们也早就知道自己穿的不是漂亮的礼服了。

不过只有一个问题……这又不是我们自己选的，我们可不想听他唠叨。

"有不妥的话，您能跟厨师投诉吗？"

"什么？为什么？"

我硬邦邦的话应该让他更恼火了。他的不满藏不住了，满脸不痛快地追问道。我应该怎么回答呢？

我正要开始打腹稿，埃尔兰多就帮我说话了。

"明没有别的意思。"

"你可以解释，对吗？"

"是的，"埃尔兰多讨好地笑着继续说道，"毕竟，我们是没有仪仗专用装备的，所以按厨师的指示，我们分到了最具威慑力的武器作为装备。"

"混账，当我是傻子吗？"

"难不成真有烧鸟专用的仪仗装备？"

那个军官难以置信地皱起眉头，显然是不相信埃尔兰多的话。不过，埃尔兰多居然没有絮絮叨叨地反驳，只用一个简短的问题漂亮地回了话。

"嗯？等一会儿，我确认一下。"

他用手里的设备反复操作了一下，又和某处联络了两三句，然后点点头，像是接受了什么。

"我确认好了。也因为这是临时动员，确实很遗憾。"

那家伙大大地叹了口气，继续说道："虽然有装备方面的限制，但需要一定威慑力，你们就全副武装吧。"

如果只听他说的话，会觉得他真的太通情达理了。

但是他的脸并没有他的话那么亲切，上面写满了不情愿，傻子都能看出他很不愉快。

他那脸色一看就是很不爽，一点都不收敛。

要问我是不是能看懂他的脸色？我也说不清。

说实在的，商联海军陆战队军官的狗脸和人脸一点都不像……不过奇妙的是，我总感觉那狗脸散发着恶意和隔阂。

"但是，我们不想刺激群众。更何况时局复杂，就算你们是快餐，从外表来看也是全副武装的士兵。这样进入首都的话……"

什么？这是什么鬼话？

如果不是在这里，我可能要吹起口哨来。

应该是无意的吧，这位商联军官大人嘟囔了些相当有趣的话。

是说"时局复杂"，"军队"不进入为好？

那什么军事卫星上的说明，说这次是"简单的工作"。看来那鬼话是信不过的。

"各位作为仪仗队的必须人员……重装备有点过分了。你们就在装甲车内待命吧。分工方面……"

这位商联军人边摇狗头，边摆摆手，自顾自地说着。突然，他一脸惊诧地说：" 嗯？AI怎么启动了？"

"通知：友军指挥码认证完毕。正在发送应答识别码。"

"海军陆战队的管制AI？那是快餐能用的吗？"

他意外地抬起头，看向我们，面露疑惑，又死死盯着光屏……可能是觉得在场的只有他才能用吧。反正他就是歪着头，对着我们。

"……你们的装备真不错，实在令人惊叹。还有什么？不会连多用途导弹也都拿来了吧！"

"开什么玩笑……"他低低地骂了几句，继续说道，"是K321小队吧？你们是不是来错地方了？这里可不是世界大战的战场！"

"不是说要重视排场吗？我们这样看着难道不强悍吗？"

埃尔兰多回应了一句，像是要把问题轻轻地搪塞过去。他就是这样。换成阿玛利亚的话就会顶回去。嗯！泰隆和紫涵应该都会打个太极就完事了。

……我难不成跟阿玛利亚是一路人？

当我心里正纠结的时候，军官大人一脸便秘相地说："说真的，你们的装备太多了。多得太过分了。"

说着，他摇摇头，还不忘耸耸肩，一副服了我们的样子。

"炫耀火力会被当成挑衅。赶紧通知AI你们的任务变了，然后给我到装甲车里待命，直到有其他命令或者返回基地为止。"

狠话是放完了，但这个军官老爷天生劳碌命，应该还是放不下心。

听着他给我们加上的补充说明，让人觉得体贴得反常。

"你们未经许可不得走出装甲车。禁止一切挑衅行为。"

明白了吗？"

"明白！！！"

听了我们的回答，他还是一脸不满……但他也不想再浪费时间在这样的一问一答上了。他对我们摆了个死人脸，就小跑着不知道上哪里去了。商联人嘛，总是日理万机的。

时间就是金钱……商联人打心底里相信着。

这可算病态了，惜时如金也好歹有个度吧。

话说回来，出发之前都这么忙了，哪还有闲工夫专程给我们配车啊？不过，管制 AI 的什么"分配通知"来得比想象中的快，一下就打消了我的疑虑。

指令让我们乘上最近或附近的一辆装甲车。

要是动作不利索点，就又得挨批了。我可不想惹麻烦，而且我也知道，跟着队伍走是会出问题的。所以还是赶紧往分配的装甲车跑……往前一看，嚄！又来一个好家伙！

那是辆轮式装甲车，不过也还好，装甲车不都那样嘛。不过让我无法理解的是，这车的涂装是亮黄色的，太晃眼了。

"这是什么鬼，最近的装甲车要开始模仿公交车了吗？"

泰隆正吐槽着耸耸肩，红色车灯亮了，打着"乘降中"的牌子莫名其妙地从钢板上突出来，然后，舱门似的自动门打开了。

"哇！"北欧、北美和英格兰的三人组忍不住感叹起来。看的我一头雾水，这有什么好感慨的？

我给埃尔兰多递了个询问的眼神。

"明，这车就跟校车似的。看了它就感觉自己在看劣质动画片。"

"这样啊，商联军的品味总是这么吓人。"

大家似乎都理解了我的话。平日里滴水不漏的紫涵，还有不怎么做评判的埃尔兰多听了都非常同意。

"我也觉得。算了，在这儿抱怨也没用。咱们上去吧。总不会连里头都跟校车一样吧。"

这是重点吗……埃尔兰多的担心好像跑偏了。

至少在坐进车里时，泰隆、埃尔兰多，甚至挑剔的阿玛利亚都没有抱怨。我进去一看……里头不像空降舱那么暗，最棒的是，里面还有空间可以伸腿。

有一瞬间，我还纳闷为什么要这么宽敞……其实很简单。应该是考虑到会有其他和我们块头大小不同的种族乘坐吧。

所以我赶紧坐下，尽情地伸腿。终于能坐下了，我刚这么想就感觉到肩上沉甸甸的，难受死了。坐下后，一直紧绷的小腿得到了解放，脚上的疲惫也减轻多了。

K321小队的每个人好像都是这样。

就连坐在我对面的紫涵都难得一见地来了个大大的深呼吸。

我右边的泰隆夸张地大笑起来。

"哎呀，总算能歇一口气了。不用再像鹅一样边'嘎嘎嘎'地叫边走个不停了。这还得谢谢帕普金呀！"

泰隆这话，我听了忍不住也笑起来。

总是絮絮叨叨的埃尔兰多、阿玛利亚都没有反驳。就连总是不露声色、神情可疑的紫涵都流露出赞同的神情。

虽然我讨厌夸别人，不过这时候还是应该说一句吧。

"泰隆，真是至理名言呀。"

"明先生，我不介意你叫我智者泰隆哦。"

"扯淡吧，你要是智者，那我干脆对银河系死心得了。"

我和泰隆拳头一碰，傻笑起来。真没想到我会和他这么投脾气。和其他的家伙嘛……也就是勉强合得来。

不错嘛，我情绪高涨起来。可能受了我的影响，左边老爱讲道理的埃尔兰多也不再绷着脸，笑了起来。

"比起在市区里扛着重型武器走来走去，被装甲车载着摇摇摆摆前进要轻松多了。说真的，轻松就是好事啊。"

对面的女士们也没有要反驳的样子。看来我们意见一致。

"说得对。就是感谢帕普金这事……让人火大。"

"我同意阿玛利亚说的。"

连阿玛利亚和紫涵都团结一致了。

这是第一次，恐怕也是最后一次了。K321小队全体公开感谢帕普金那个混账，那个谎话连篇的骗子。就算只是说说而已，这一刻也实在是罕有。

当然，这里的氛围本来就让人没法心平气和。而且这次的行动也太着急了，完全不管我们的情况。

商联的时间安排真是从头到尾都贯彻着唯我独尊的商联主义。

"通知：自动驾驶模式启动。"

管制 AI 突然说话了。同时，装甲车开始微微颤动，这让还在傻笑的泰隆和我发现了小窗外的景色开始倒退。

"咦？开始动了？"

"好像是……居然还挺稳的。"

我就是发表一下感想而已……对面的阿玛利亚点点头，又开始说些有的没的。

"这是电驱动。这在军用车里很罕见……该怎么说呢，这让我想起校车了，真神奇。"

"这样啊。"我随意回了一嘴，看向窗外的风景。

装甲车很快赶上了徒步队伍。我们加入了大部队。

仔细看看周围，会发现旁边有几辆和我们差不多的车在跑。可能商联是觉得单有步行军不够体面吧。不过清一色的黄色车看着真是太蠢了……难道我们色觉不同？

"通知：第 142 巴尔加特派舰队混合警卫部队注意，现在正随行护卫特使阁下前往规定会场，请在应对巴尔加当地人时恪守道德，保持克制。"

刚出屯驻地，管制 AI 就向我们传达了注意事项。那内容说普通也真是普通……不过我们在车里听了都不自主地面面相觑。

"这是特意提醒吗？"

我忍不住吐槽起来。

大家，不对……应该是除了摸不透的紫涵，其他人的脸上都写着相同的疑问。

"通知：ROE（交战规定）转变为巷战模式。但是在前往目的地的当地大总统官邸进行礼节性访问后，直到返回屯驻地期间，若无其他命令，禁止行使一切武力。现在接收当地警卫部队的识别码。"

当我理解了管制 AI 说的斯里兰卡语后，我真的凌乱了。

为什么要反复强调不能开火呢？这不就是个在市区行军的任务吗？就只是行军啊！还是说商联觉得我会脑子坏掉随意扫射？

"到底什么意思啊？！"

我也没地方问。看看身边，大家都满脸问号。我没有看错的话，只有紫涵那家伙讳莫如深……真是烦死这个中国人捉摸不透的微笑了。

把她那层皮扒开，看看里面装了些什么弯弯肠子……我一直都想这么干。

但这次还真不一样，紫涵有所察觉可能只是因为她视力比较好。

反正……答案就在旁边。商联军的队伍刚出屯驻地要往市区前进，我们就被包围了。

迎接我们的是一大群"老鼠"！

我就透过装甲车那小瞄具上的车窗看了一下，魂都给吓跑了。这老鼠也太多了！

简直就是个老鼠堆。

这些直立行走的老鼠，个子大概到我们的肩膀。照之前听说的，他们就是巴尔加人。他们这块头，搁在贫民区里肯定得把人吓死。

他们死死盯着我们，看那眼神，我完全搞不懂它们在想什么。他们中有一部分人开始挥动旗子什么的，叫喊起来，喊的是我们听不懂的巴尔加语。

"真吵。管制 AI，能翻译一下吗？"

"通知：按照《著作权法》规定，除公务用资格持有者外，其他人不具有巴尔加语译斯里兰卡语功能使用资格。"

不愧是商联制装置。真是不承认都不行，这胡扯能力，它要是第二就没什么能排第一了。

"热烈欢迎啊，这是。"

我不禁说道。对面的阿玛利亚听了点点头。

"装甲车车窗都挡不住他们的敌意……他们可恨我们了吧。"

可不是嘛，阿玛利亚说的没错。街上投来的视线要把我们射成筛子了。光是看到老鼠群在对面，我就整个人都不好了。

这可是被大群的老鼠盯着……这让我想起在日本的生活，胃里一紧，疼起来了。

虽然这帮"老鼠"多到数不清，但他们可不是贫民区街道上直往人类身上咬的阴沟老鼠。怕到战栗就没面子了。

我赶忙摇摇头，把痛苦的回忆都甩掉。

"绝不能开枪。"怪不得商联的指挥官大人会再三强调。

我身在装甲车里都握紧了手里的枪。

更别提在车外步行的人了,他们应该被那气势压得喘不过气来了吧。而且也保证不了里面没有人动歪脑筋。

不过幸运的是,我还能笑笑。

"这是漫画里的世界吗?……呃,太神奇了。"

"这是鼠人对战啊!"泰隆笑着说。他的兴趣点好像不太正常。但是连阿玛利亚都笑出了声,难道她也被带偏了?

"看这画面,如果那些鼠人像地球上的老鼠一样小,那我们就成格列佛了。就这一点来说,还真跟英国童话里的世界一样。"

"格列佛?"

听到我的疑问,阿玛利亚点点头,像是早就料到我听不懂了。

"那是个童话,讲的是一个人在旅行途中误入小人国的故事。感觉怎么样?在老鼠面前成了小巨人。"

我听了阿玛利亚的说明,应付式地点点头。虽然我是不太听得懂,不过应该是他们小时候看的故事吧。毫不意外,紫涵那家伙好像也知道这个故事。

"好想到巨人的肩上去,在上面什么都望得到,多有意思啊。"

看起来只有我不知道。呃,真让人不爽。是我太在意了吗……气死人了。

还是说都是这个鬼地方的错?

"不好意思扫你们的兴了，我可不喜欢这个故事。"

四个人齐刷刷地盯着我，泰隆插话了：

"又不高兴啦？你怎么啦，明？"

"都怪这里。这在童话里是个鬼地方，放在贫民区里也是吧？"

"什么？"

泰隆反问道。他的脸上尽是问号。真是够了，瞧他一副迟钝到反应不过来的样子，要信他才怪呢。

"我想起了特别隔离区……这里的气氛太糟了，我心里很不踏实。"

在这种地方还傻呵呵地放松……这叫我怎么理解得了！要是不想被杀掉，变成浑身被扒光的尸体的话，就该好好睁开眼，竖起耳朵。

动动脑子，而且得好好动。

但泰隆那家伙摇了摇头。

"明，哪里是贫民区啊？"

他扬扬手臂，像是要我看清楚。

"你看看四周……到处都干净漂亮，窗子也没有碎的，不都是普通的大楼吗？贫民区什么的跟这里不同吧？"

"泰隆，你感受一下这里的气氛。没有感到破败吗？"

我说的很合常理，但大家听了只朝我惊诧地眨眨眼。除了紫涵盯着外头，让人摸不透，K321小队的其他人一点不妙的感觉都没有。

当中的典型——大家公认的典型，阿玛利亚丝毫听不进我的话。这个浑蛋，摆着一副瞧不起人的表情，还叹了口气。

"明，不好意思。太讲感觉可不行，麻烦你把感觉组织成语言再补充说明吧。"

这个女的，说话没遮拦，脸皮比城墙还厚，她还是这么反应迟钝。

该怎么给她说明白呢……我搜肠刮肚也找不出适合的解释，正想着着急也没用就这么算了时，对面的紫涵冷不丁插话了："问题在……眼神吧？"

紫涵声音很小，就跟自言自语似的。不过她的话居然很清晰，一下把我吸引住了，就连上一秒还在嘟嘟囔囔发牢骚的阿玛利亚都停下来听。

"眼神？"

紫涵朝阿玛利亚肯定地点点头。

"你看他们眼神里的恶意。"

紫涵不满地说道，话里混着确凿和厌恶。

"简直就是诅咒，来势太猛了。"

这正是我想说的。

刚刚说不清道不明的感觉这下清晰起来了。我一拍膝盖，说："就是这个意思。我想说的'感觉'就是这个。我们可是被杀气腾腾的老鼠们瞪着哦，这里不比贫民区安全吧。"

我有些口渴，这会儿要是有茶的话起码能轻松一些吧？

"老鼠有多可怕？那可真的太可怕了，你们知道吗？"

我继续说着……结果对面的阿玛利亚有点意外地瞪大眼睛说："呃……明，我真没想到你会这么说，你不会是……怕老鼠吧？"

我老实地点头承认了。他们应该很意外吧，阿玛利亚呆呆地看着我，泰隆和埃尔兰多也一个样。

怕老鼠又怎么了？

所有人的表情中我还没摸透的应该只剩带着假面的紫涵了。那层厚厚伪装下的真面目，希望我能慢慢地多少摸清一些。

"……嗯，我也有点意外，你为什么会那样想呢？"紫涵问道。

她好像真的很意外。但是……鬼才知道她在这种"平静"的时候想的是什么。

乱猜也是浪费时间。算了，我说实话吧。

"我要把老鼠塞进袋子里，把它们头朝地摔死，不然我睡不踏实。我就是这么害怕，或者说是讨厌老鼠。"

老鼠带着病菌，逮到什么咬坏什么。就连变态地讲究表面整洁的社会福利所也鼠多为患。

那会儿我总是被吓哭。

"老鼠就是万恶之源。"

平时这帮害畜老是把我的贵重物品咬个干净，不见一次除一次的话，不知道又有什么东西该遭殃了。

所以我要把它们灭了，让它们再也搞不了破坏。

我一边挥拳，一边给他们讲我想说的。

"明，你这话可是种族歧视哦。"

"……泰隆，你什么时候成了反歧视战士了吗？"

泰隆夸张地点点头，突然双眼直瞪瞪地盯着我，然后开始发表"高见"了。

"把巴尔加人和害畜相提并论，是赤裸裸的偏见和仇恨的煽动性言论。明，你的话显然违背了商联式公正平等精神及道德规范。"

"你是认真的？"

我瞪着他，他说这话的时候是不是脑子坏了？

"不，我就是挑毛病了又怎么样。要有机会的话，我想成为维护一切正义的战士。就是那种……就算是'超满足'，我也要保护给你看。"

"服了服了。"

这个话题到此为止吧，我摆摆手说。

埃尔兰多在一旁一副无所谓的样子点了点头。

"你们俩还是老样子我就放心了。刚刚有点分神了。"

"埃尔兰多，我们可不是在唱戏。"

"这种时候了你还是这么多话？泰隆的特殊技能……恐怕是强大的心理素质。不过我觉得有幽默感也挺好的。"

尽管埃尔兰多说的是场面话，但也是些不伤人的玩笑。在这点上，阿玛利亚说话还是不够温和。

"幽默和他那么一堆话，沾不上边吧。"

她辛辣地对泰隆评价道，一点不客气，还随口就让别人说话简练点。但就算是这样，这个英国人的态度也比刚见面那会儿要好。

只是……呃，还是她刚刚的话已经算比较客气的呢？

不管怎么说，最开始的时候，阿玛利亚只能算是白色噪音源，让人恶心坏了。现在居然进步了。

"阿玛利亚，埃尔兰多，你们俩都消停一下。我和明的对口相声就算到了百老汇也是数得上名的，白看可……"

咚！车身传来怪声。这声响来得突然，打断了我们的玩笑……透过装甲板，钝响还在不断传来。

"什么鬼？什么声音？"

"通知：收到车外场景显示请求。是否全方位显示车载摄像头拍摄的外部影像？"

"……能看到外面的情况吗？"

"通知：是的。可以转换为360度可视全方位监测模式。"

既然是装甲车，就是裹着装甲板的家伙。虽然防护性能好，但装甲车窗的视野肯定会差一点。但是，当管制AI的语音响起时，装甲板就开始闪烁。装甲车一下子变得跟TUFLE空降舱一样，四周切换成全方位可视显示屏。

切换的过程中，我被眼前的情景……彻底震撼了。

怨恨。

憎恶。

恶意。

虽然我之前接受了四周都是老鼠的事实，但是……被他们狠狠瞪着还是让我怕得发抖。

等身体本能地摆好架势,做好了被扔石头的准备,我才艰难地反应过来,原来我和他们隔着一层装甲板。

显示屏的效果太逼真了,让人错以为自己正身处其中……这也太过分了。

商联造的玩意就爱在这些莫名其妙的点上发挥高科技。

"管制 AI,这是怎么回事?"

"通知:这是巴尔加当地人的反商联煽动行动。他们在对商联特使队伍投掷鸡蛋、水果、坚果等物品。"

光是对这种可怕场景的解说也让我受不了。

我下意识地摇摇头。敌意从四面八方涌来。扔过来的不是石头,就还好吧……但就算是隔着装甲板,我的感觉也糟透了。

在外面步行的那帮队友,他们华丽的仪仗礼服已经惨不忍睹。队伍也乱成一片。他们想躲开"老鼠",但队形马上就垮了。唉,又乱起来了。这不,走在装甲车旁边的鳄鱼形人突然摔倒,撞在了兔形人的头上。

老鼠们恶意满满地"吱吱吱"笑起来,那笑声隔着装甲板都听得到。

气氛显然是坏极了。队形是勉强维持住了,但队伍几乎动不了了。说不定商联待会儿还会下令开枪呢。

危险的想象在我的脑海里时不时浮现,这时,旁边的泰隆戳了我一下。

"哎你看，上面有什么东西！"

我听后抬头一看，还真是。那是什么东西在飞吗？

那一个个像小豆子似的小点，不断变大，现出轮廓。那是带翅膀的喇叭？还是无人机？那些奇异的小型飞行器一飞到群众头上，就开始反反复复地说个不停："通知：下面是公共广播，警告！警告！市民们注意，请让开！市民们注意！在市区进行暴力抗议是违法行为！"

在重复播放的语音里，混杂着我能听懂的斯里兰卡语。这是要让昏了头的老鼠们冷静下来吧？

"通知：公放，警告！市民们！为了安全，请让开！只有和平的抗议活动才是法律允许的！市民们，请冷静！"

一大群无人机在不停地狠狠地警告着。它们自然成了老鼠们的焦点。刚刚还对着我们的鸡蛋雨，这下全都转向了无人机。

多亏了无人机，仪仗队伍总算可以喘口气了。虽然还是很靠近群众，但只要不是正面受敌就轻松多了。四周散乱的队伍也总算变得整齐了。

"虽然不知道那些是哪儿来的，但我们算是脱身了。而且它们还会斯里兰卡语，太好了！毕竟老鼠们的话我们听也听不懂啊。"

听了我无意中说的，对面的阿玛利亚给了我一个赞许的眼神。

"明，那是你的看法，不过，角度很好。话说回来……

我们没有会说当地话的人。有点遗憾。"

"你就是话多,还有,难不成你还要去观个光?"

这问题真是无厘头,但阿玛利亚听完居然点了点头。

"不受欢迎的客人也是客人啊!难道连望一眼历史建筑的时间都没有吗?这里的气氛不好,我能理解,不过……"

她也太感性了吧。我一点也理解不了。我开始环顾四周,希望在银河系里能找到救赎和良知……

"我知道的。"埃尔兰多边说边点头。

我暗示他像平常一样和和稀泥,让大家都有台阶下。看到我期待的眼神,埃尔兰多开口说:"我也明白阿玛利亚的心情。不管怎么说,这次其实是我们第一次到另一个世界来。而且这么好的机会,我也想去参观学习一下外星人的生活方式。不过……这次就算顺利的话,我们也只能在市内观光,将就一下吧。"

"这我也明白,真正的观光的话,我打算好好准备后再去。"

不行。埃尔兰多和阿玛利亚的对话简直牛头不对马嘴,他俩说的真的是斯里兰卡语吗?这两人不会觉得装甲板外杀气腾腾的老鼠们是在"热烈欢迎"我们吧?要真是那样的话,他俩怕是有毛病。

"都怪这次鼠巢探险,我可一点都不喜欢。"

"为什么呀?商联是商联,我们可不一样呀?"

埃尔兰多直接反问道。他是有多天真啊!

虽然我不在意别人玩脱了，被杀了……但如果是我的战友，那我还是有点在乎。毕竟有个人没了，他剩的烂摊子就得摊到我头上。

你们可饶了我吧，别给我添乱啊！

"眼下也是在群众的热烈欢迎下观光啊……"

"明，想看的欲望，求知的渴望，这都是人类与生俱来的好奇心。虽然每个人的关注点可能会不一样。"

"少废话了阿尔兰多。我可不同意，我不想被好奇心搞死。"

除了干笑，我还能怎样呢？我肩一耸、脚一蹬，真笑了出声。现在的话，我碰上什么都能笑笑就过了。哪怕就算观看个筷子滚动也会跟听了世界第一等笑话一样笑起来吧。

"喂，明，你很开心嘛……这有更让你开心的大家伙哦，快看！"

"什么啊，现在的话……"

"不得了啊，这个。"泰隆叫嚷着。听到他的话，我伸头一看，还真有个"大家伙"。那是个巨大的机械蜘蛛，它趴在……呃，大楼的墙面上。

它的机体就跟蜘蛛似的，长着八条腿。

尺寸嘛，应该有四米长？不过，尽管它块头已大得打眼……但最辣眼睛的，还是这个庞然大物不知道为什么和装甲车一样，涂了一层黄色。

有好几只这样黄色的"点"紧贴着高楼墙壁，"咻、咻"

地飞过来。这画面真是难以形容。

吃惊，还是佩服？我说不清……宇宙真是处处有奇景。

我正说不出话来，眼前的事态一眨眼间加速变化起来。

"好大……"

眼看那些黄色的家伙一边发出"咚！咚！"的巨响，一边两个两个地从大楼的墙壁轻敏地飞落到老鼠群背后的地面上。

"绝了！巴尔加人在四处逃窜，好多都跑了。"

听泰隆这么一说，我才注意到老鼠们的行动有变。

多足战车一出现，刚才飘飘然的老鼠们就像被大水冲的小蜘蛛一样四散逃走了。上一秒还在满天乱飞的投掷物现在影儿都没了。这下，商联的队伍又能前进了。

怎么说呢，这真的是"秒杀"。

"真没想到！……居然还有那种东西，那是什么啊？"

埃尔兰多的话好不容易从牙缝里挤了出来，那语气透着惊讶。这家伙总算是回到正题了。他的话音刚落，管制AI就回答说："通知：这是商联军陆上安保作战用多用途多足支援战车TUF-MAGAK，其识别码是公共安全军，这是维持治安的商联本地军队。"

这大黄蜘蛛原来叫什么TUF-MAGAK，感觉是个无懈可击的家伙。不过，我更在意的是管制AI说的话。

"商联的？本地军队？"

"通知：就是负责巴尔加星陆上防卫的商联部队。"

我目瞪口呆，摇摇头说："等会儿，那是什么东西？难道还有别的商联军队吗？"

我们可完全没听说过这事。那个部队的武装显然比我们的强。它们毕竟是机械怪物，可不比我们这些仪仗装备强得多了嘛！

话是这么说，不过差的也太多了吧。

"哼。"我和泰隆不约而同地"哼"了一声。

"他们部署得那么好,就是说我们就是摆设喽?"

商联这帮人,看着马马虎虎的,其实早就准备好怎么治巴尔加人了。

既然有硬实力的重拳了,呃……就没必要连负责磋商的特使也摆出唬人的阵仗了。

对于这一点,左边的埃尔兰多好像也没有异议。

"这警戒居然还挺充分的,我都做好心理准备了,以为起码会有点乱子……看来这次可能真的当个摆设就完事了。"

"瞧你说的,不然还有什么可干的呢?"

"嗯……应该没有了。"

就是这样吧,我们得出结论。

帕普金说的没错,商联人怎么会把小命交给我们保护呢?我们连"烧鸟"都算不上,只是所谓的"零食"。

再不痛快我也能明白,商联那些家伙从来都不会对我们有什么指望。

我到底是为什么在这里……就在我们你一句我一句闲扯打发时间的空当,队伍又朝着目的地出发了。

这会儿,TUF-MAGAK 紧紧地跟在旁边。特使护卫部队做的,只有前进、再前进而已。至于坐在装甲车里的我们,就打算不急不慌地一直呆坐到目的地。

我久久地望着冷清得诡异的巴尔加市区,正看得发腻,紫涵突然说话了:"管制 AI,请展示周边部署图。"

"紫涵,就算是我们……"

也不能看吧……埃尔兰多的话被拦腰截断。

"通知：访问权受限。请注意，可公布的信息限定于军事情报一般公开级别。"

管制 AI 虽然做了铺垫，不过它投影的虚拟展示图上的信息意外地详细。

"这'军事情报一般公开级别'……也太厉害了吧。"

埃尔兰多惊叹道。完全赞同，我一边拍拍他的肩，一边看向虚拟展示图。

"哈哈哈，真没想到！"

在厨房里没完没了反反复复的军事演习没有白费。我能看懂地图了，所以就算只是个大概，我的脑海里也能浮现出图上显现的状况。

"重炮阵地，机动装甲车，最后是刚刚的多足战车！光是什么本地部队就这么密集的话，那肯定是无懈可击了。"

自己人一大堆，支援也充分，只要没被轨道炮击，就算出点状况商联也是稳赢。商联舰队牢牢地保住关键的制宙权就……怪不得！怪不得商联认为给特使派正经护卫是浪费钱。

我也理解了空有样子的仪仗兵基本上只是用来充门面的原因，好像是帕普金说的什么"炫耀多样性"，还是什么来的。

被雇去当仪仗兵的"快餐"被扔鸡蛋……这跟欺负人是一样的吧？这是要让他们"恰到好处"地被戏弄，被欺负。我真没想到，在太空里也能目睹这种事。这种破事我太熟悉了，真让我反胃。

"真是的，被商联人拿来当出气筒，我们也跟着丢尽了脸。"

我只是有一说一，吐槽一下。但不知为什么，紫涵皱起眉头说："你这结论下早了吧，我们可是被迫带足了真枪实弹啊。"

顺便说一下，我们连重型装备都带了。但也多亏了那些装备，我们才坐上了装甲车，这么一想……没想到埃尔兰多这时替我说话了，真是少有。

"算了，就当那是帕普金式笑话吧。托了他的福，我们能上装甲车，总体来说这待遇不差了。"

泰隆和我听了都笑了，阿玛利亚也跟被传染了似的笑了起来。

"我也这么觉得，要是他没逼我们带这些减肥用的重型装备就好了。"

"因为单是'超满足'就能当减肥餐了嘛。"

泰隆还在不停地说什么"那玩意影响食欲哦"，阿玛利亚轻快地回应道："可别说，光看营养的话……虽然我不愿意承认，不过那玩意是相当优秀的产品。"

"哈？"我忍不住插嘴道，"喂，你说认真的啊？居然说'超满足'的好话？"

那东西不就着茶根本咽不下去，难吃到让人想吐。她是怎么想出"优秀"这个词的？

"你们有感觉到肌肉因为火星的重力小而变松弛吗？没

有吧？那不就完事了。"

"什么？"

"……火星上的重力比地球上的小，对吧？一般情况下，我们在火星上肌肉会变松弛。但我们之中并没有人明显感觉肌肉量减少，以及行动困难，不是吗？"

就这样？我回道："可是，我现在浑身上下都在感觉重力带来的沉重感了。"

"我只是说，跟我们待惯的火星比起来，这里的重力更大。再说了，虽然难受……可也没到走不动的地步吧，不对吗？"

"你们懂的吧？"她这话说的，一点都不管我们的想法。但阿玛利亚应该是有她自己的道理和逻辑……埃尔兰多一脸恍然大悟地点了点头。

这正中阿玛利亚的心思，她一下子得意起来，嚷着"对吧"，"你懂的吧"，真是吵死了。

"其实就是这样，只看成分的话，'超满足'算得上是营养均衡保健塑形圣品呀。"

这是什么烂笑话？这种社会福利组织搞出来的合成食品其实是苦口的良药？我和泰隆听后，脸都塌了。泰隆那家伙口哨一吹，嘲讽的话就出口了："既然英国人说好吃，那还真是美味呢。"

"……这么有见地的话，是你这种殖民地人能说出的吗？就算不理解，也犯不着骂你那个没有历史的母国吧？"

泰隆和阿玛利亚四目交火，但为这点事也没什么好掐的。

傻瓜一样的两人耸了耸肩，各自挪开了视线。

泰隆"哼"了一声。

"不过眼下太闲了，这会儿要能放个什么好歌的话……"

"通知：可播放烧鸟专用莫扎特精选集。"

"真棒！"泰隆话音还没落，管制AI那骄傲的机械声就响起了。不过，要是我的话，就不会让它放这个音乐。

莫扎特的音乐我真是听怕了。他的曲子就算了吧。

"喂，等等，没别的音乐了吗？"

"通知：《泛银河系著作权法》规定，在行星外部使用的行星固有著作物应符合相关标准，即第B32条及第C3项附带补充。除此之外，其他著作物无法访问。"

这一长串跟咒语似的，让人犯困。老实说，我挺想问问到底是谁搞的这个管制AI……那人不会以为我们光是听了刚刚那又臭又长的说明，就能理解详尽了吧？

但英国人的脑回路好像和我们不同，她应该是有别的理解，或是想到了什么，说道："管制AI，斯里兰卡语的本地电子媒体总该有吧？"

"通知：没有符合项目。代替建议，请问是否需要传输当地纸质媒体？"

阿玛利亚居然同意了……她图什么呢……

"报纸吗？干吗要看那玩意？"

"报纸反而好。"

我盯着阿玛利亚，真心无语了。

她喜欢看报纸？可吓死人了。看阿玛利亚那顽固的做派，我以为自己已经够明白她们英国人对传统的执着了。

看来……我得承认，自己的认识还是太浅薄。她怎么偏要看报纸这种老掉牙的东西？这是什么复古情趣吗？但她一点都不知道我的尴尬，一个劲儿地跟管制AI要报纸。

"弄一个单子吧。我要两份主流报纸，还有……对，还要这边受年轻人欢迎的。"

"不好意思打断一下，阿玛利亚，我想问你个事。"

"说吧，想问什么？"

"那可是报纸啊……现在还要看那玩意儿吗？"

阿玛利亚听了，正想回答，结果管制AI先发话了，车里响起了干巴巴的机械音。

"通知：按照许可，仅可显示该区域主流报纸，其名称为《巴尔加日报》。"

伴着这声音出现在大家各自面前的是……

"这什么东西啊？就一张白板？"我随口骂道。

光屏上只有白色一片。这是新闻？一旁歪着脖子的埃尔兰多把手一拍，像是想到了什么。

"出错了吧，这显示的应该是二次录入的数据吧？"

"通知：已确认文件匹配度。本机是按照本地通信公司提供的方式为K321烧鸟小队展示的信息。"

埃尔兰多一脸诧异，阿玛利亚也为难地问道："巴尔加这边是用色彩来判断事物，展开交流的吗？"

"通知：本机抽出了商联社会科学研究院的125篇论文，都是从巴尔加人社会结构角度对色彩感受及色彩联想的研究。"

"哇，"阿玛利亚惊叹道，"是电子刊物吗？有多少是我们能看的呢？"

"通知：这125篇都可以。根据《商联学术公平著作权法》，社会科学类学术成果是面向全体公开的，烧鸟并非例外。"

不知道是为什么，管制AI的回答听着还挺骄傲的……我知道这么说很奇怪，但它的语气只能用趾高气扬来形容。

结果，就连埃尔兰多那家伙，都很佩服似的连连点头。

"这可真厉害！"

"喂，埃尔兰多……这到底哪儿厉害了？我不太懂。"

"这可是公开知识！"

埃尔兰多可能要给商联高唱赞歌吧，但紫涵语气淡淡地打断了他："抱歉扫兴了，这些都和我们想知道的无关。"

这话说的，毫不留情，漫不经心。紫涵说话就像阿玛利亚那样傲慢，或者说白了，她就像是在提点我们。

我有点窝火，戳了她一下："你什么意思？就你全都懂，是吗？"

"不是啊，我只懂我知道的。只不过这个很简单，用不着看关于巴尔加人色感的论文。那可不是固定不变的。"

"紫涵，别再绕弯子了。"

我盯着她，眼里要喷火了，但她还是一副对外界情绪绝缘的样子。

"看这里,这是巴尔加星标准时间昨天发行的早报头版。简单吧。"

她抬头挺胸,一脸得意。

"对比一下就一目了然了。"瞧她这话说的,自大得要上天了……不过我按她说的一看,好吧,还是得承认她说的没错。

泰隆探头往虚拟显示屏里看,得意地点点头:"这反而是全黑的呢!"

"这写的什么呢……"泰隆边念叨着边看。最后他摇摇头,放弃了。

"完全看不懂,不知道这是些什么。呃,这些蚯蚓打滚似的图案。"

我觉得那些文字不像蚯蚓,像波浪……不过大体就像泰隆说的那样。至于紫涵说的昨天的早报,上面密密麻麻地挤满了文字似的东西。

我完全不感兴趣,但旁边的埃尔兰多好像不同。他兴致高得异常,拍着手说:"这是象形文字吗?这会儿先不说文字的事了。就算说……看《巴尔加日报》的巴尔加人是阅读文字的!"

埃尔兰多在分析,姑且说那是分析吧……他就是在说一些明摆着的事情而已。这家伙,不用嘴说出来的话,可能就连常识都无法理解。

阅读文字。

也就是说眼前这个不是白纸。得出这个结论的条件倒很充分。

"管制AI，刚刚就是出错了吧？你好好查一下吧。白纸的话也太奇怪了。"

我虽然烦透了，但还是催管制AI再确认一下。

"通知：已确认文件匹配度。本机是按照本地通信公司提供的方式为K321烧鸟小队展示的信息。"

怎么又是这句？我暗暗抱怨。我不懂这是怎么回事。难道管制AI坏了？还是我用的方法不对？

"又是商联式胡话？"我假设说。

对面的紫涵听了，轻轻摇头，说："不是，恐怕管制AI说的也是对的。"

"喂，那不就矛盾了吗？"

"这也算幸运吧，并没有矛盾哦。这样的情况下，管制AI只是言不达意而已。"

紫涵的话唬得人一愣一愣的，就跟文字游戏似的。但不知为什么……可能是我的错觉吧，她这话里，我听出了几分羡慕。

"报社要接受审查的话，就得这样写报道。"

"审查？是这样啊！"阿玛利亚恍然大悟，继续说道，"也就是说，这是有'那种特殊情况'的报社的报道？"

"嗯。"紫涵笑了，她那冷脸，还是挂着诡异的微笑。

"不只是《巴尔加日报》，这边本地的报纸怎么会对商联友好呢？"

"对对对，"我认同地说，"我们在巴尔加可是不受欢迎的，你不说老子也知道。"

我把话说得很刺耳，还用上了平时不说的"老子"，紫涵大概一听就知道我在骂她小瞧我了，老老实实地闭嘴了。

不过，我好像是伤及无辜了……但我一见到紫涵旁边探出身子的阿玛利亚，心里就不痛快。

"明，你明白我想说的，对吧？"

"啊，那个，我居然完全不懂呢。"

"这样啊！那你也同意我的想法是吧？怎么能淘汰报纸呢？"

对她这种爱说大话的人，我只能举白旗投降了。

更准确地说，我把白旗一样洁白的《巴尔加日报》头版给她了。

"……给我干吗？"

"入乡随俗嘛，我也得学一下巴尔加人。"

在我说话的时候，左右两边的男人们肩膀开始抖动，泰隆肆无忌惮地放声大笑。就连埃尔兰多也忍不住偷笑出声了。

埃尔兰多拍拍我的肩，乐呵呵地继续说："你的意思是，因为想说的不能说，所以被审查后删除了是吗？你也是，说话绕了十八个弯。"

"这不没办法嘛，闲坏了就想干点傻事。"

虽然听起来像是狡辩,但也不完全是假话。在密闭空间里太闲了就会发慌。泰隆深有同感地在一旁附和道:"说得太对了。这种时候,我特别想家里热热闹闹的气氛,真觉得要是现在能和地球联络就好了。"

"啊?你还在和地球的家里保持联络吗?"

"当然了,那可是我的家人。"

他语气很笃定,但我还是不太理解。

"为什么是'当然'?我完全不明白。"

"你这家伙……呃。"

泰隆像是察觉到什么似的,脸色一变,说:"明,我的朋友,其实我老早就在想了,你没用通讯的话,是不是就剩了很多余额?你这样就配不上日本的节俭精神了,让一些给我吧!"

"你这是跟我谈条件呢?交钱!就从数额和价钱谈起吧。"

泰隆听了像是要哀号,对我皱起眉来:"咱们是朋友,谈什么钱呀,你这样就没劲了啊……"

"你那才是彻底的偏见呢。钱,那可是钱,咱们还是算准了吧。"

"哎,明……"

"我可不会放水哦。"刚板起脸来,我就感觉到紫涵在旁边瞅着我。我正要瞅回去,就看到泰隆把脸别到了一边。

"泰隆,别对着我哭。"

"紫涵你别管我。"

"钱是会伤感情的。因钱而起的内斗很多,所以我们得警惕。要我说,明这样不讲情面是对的,我甚至还挺喜欢这种做法。"

紫涵一手搭在我肩上,她的手冷得吓人,就算是尸体的手也比她的更有温度。我是甩开她呢,还是瞪着她呢?

我一时不知怎么办,僵住了。没想到阿玛利亚救了我。

"……什么?你其实喜欢明算账?"

阿玛利亚随口说道……也不知道她是在挖苦紫涵还是真的好奇。紫涵听了逐一回应说:"因为有关信用。"

"信用?"

"对。"紫涵对阿玛利亚含义不明地微微一笑,轻轻把手抬起,双手交叉抱胸。

"如果要长久相处的话,嗯……该怎么说呢……"

紫涵不禁歪着头,斜眼瞪着周围,继续说:"因为对着钱能老实的人,起码也能对别人老实。"

她说话从来没这么直接过,还是说这才是她的真面目?

泰隆满脸震惊地低声吹起口哨。埃尔兰多嘛,还是老样子,毫不客气地穷追不舍。

"紫涵,没想到这话会从你嘴里说出来。"

"从我嘴里?"

紫涵听了,惊讶地对着我们歪歪头。

"我之前以为你一般,呃,怎么说呢……不会说这么深入的话。"

"噢……好像是这样。"

令人意外的是，她自己似乎没意识到。

我们你一句我一句地聊了一路，不过电力装甲车也没停歇，终于要到目的地了。

"通知：到达目的地附近。语音指南到此结束。各位辛苦了，请继续执行护卫任务。各部队按通知各就各位……"

和去的时候一样，回程路上也满是老鼠。

太讨厌了。

也算是幸运吧，这回，本地军队从一开始就跟着我们。我们也算是有护卫了。这下能安全回去了，太好了。只不过，我们本身就是护卫，护卫的护卫是个什么鬼？

而且，老鼠们应该四处逃窜才对，结果他们在这里又早就扎起堆来等着我们。

我一头雾水，巴尔加是怎么回事？

"通知：下面是公共广播，警告！警告！市民们注意，请让开！市民们注意！在市区进行暴力抗议是违规行为！"

空中的无人机同时播放通知。这通知是我之前听过的。同时，一堆的多足战车开始行动起来，为了威慑老鼠们，战车朝着他们缓缓前进。

由商联军陆上安保作战用多用途多足支援战车 TUF-MAGAK 来打头阵，很可靠。

商联似乎是想靠威慑力继续开路，但好像行不通。

多足战车被群众围了起来。应该是因为刚才是从后面驱赶老鼠……这回却迎着老鼠。

群众嘛，都害怕敌人在背后，但当面对着敌人的袭击就不管不顾了。埃尔兰多在我旁边一块儿看着窗外的景象，我对他耸了耸肩。

"果然会是这样。"

"你很了解？"

这不就是常识嘛，他居然不知道，我暗暗惊讶。

"瑞典的话应该没什么市区暴乱吧？真羡慕你们民众的高素质。你看这帮脑残，落单了就怯懦胆小得要命，聚集起来就没了理智。他们得寸进尺，太离谱了吧。"

这些蠢货平日里有多怂，现在就有多放肆。

埃尔兰多听了我的话，稍微皱起眉头，优雅地露出几分不快。他可真会卖弄小聪明。我已准备好听他下面要开始的说教了……没想到埃尔兰多也进步了。

"然后呢？"

埃尔兰多没有抬杠引战，而是和我聊了起来。

恭喜呀，埃尔兰多。虽然只是一点点，但你的学习成果太伟大了，我都想以后和你并肩行动了。咱俩已经能搭上话啦。

这样的话，我就不用继续忍耐了。

开心的是，就连爱插嘴的阿玛利亚也变得好沟通了。

"一般来说，会用盾牌冲击或者喷水吧。"

但先不说我能不能同意她的意见……就眼前的情况来说，空间太窄了。

"距离太近了，搞不了盾牌冲击，应该是喷水。"

"哦？明，敢打赌吗？"

真是充满自信的骄傲。不过，就让她看看她的经验比我差多少吧。我不知道英国怎么样，但我说我在日本东京贫民区长大可不是显摆而已，我都不记得有生以来目睹过多少回福利机构的重型武装班在贫民区进行"净化"了。

对于镇压的基本手段，我无所不知。

"行啊，我赌喷水！"

先喷水，拉开距离后，盾牌冲击一波或者围盾牌墙进行威慑，或者上别的。这些镇压暴乱的老把式中的老把式，在地球也好，在巴尔加也好，都是差不多的。

刚才像是听得入神的泰隆一拍手，指着投影显示屏的一角，说："快看，有动作了。这是……是喷水吧？"

被我说中了。

接着，我正要得意扬扬地挖苦一下阿玛利亚，TUF-MAGAK三下五除二地把老鼠们逼退了，给商联特使阁下一行漂亮地开出了回去的路。

真可靠。比起步行的家伙们，我们要轻松多了……不过累也还是累，能快点回去可真是太好了。

泰隆也摇摇头，像是累了。

"哎呀，这下能回去了。回去了就能喝茶了，而且，晚饭不吃'超满足'了，搞点别的吧！"

大家应该都同意泰隆最后的提议吧，所以我代表理智问泰隆说："重点是，有没有能吃饭的地方呢？屯驻地里有食堂什么的吗？应该是给我们发点'超满足'存货就完事了吧？"

我很认真地问。对面的阿玛利亚听了"哼哧"一笑。

"外面不就有了吗？市区的话总少不了吃饭的地方吧？"

我惊呆了，她怎么还想到外面去。埃尔兰多见我目瞪口呆，轻轻笑了一下，对我说："明，寻找也是很有意思的。大家都想吃'超满足'以外的东西不是吗？"

承认他说的对真让我恼火，不过他说的也是有一定道理的。最好是有麦当劳的汉堡，没有的话也想吃点别的东西。

我们的愿望竟是那么一致——不是"超满足"就可以了！

我们一边梦想着美食，一边坐在装甲车里晃悠着回去。一路上意外的平静。

时不时有巴尔加人远远围过来进行抗议，不过靠近的傻老鼠们都被多足战车礼貌地"请"回去了。一点儿要出乱子的苗头都没有。

我感觉只要慢慢地坐在椅子上就好了。我甚至已经习惯了在屯驻地下车那会儿因为重力差产生的疲劳。舒服多了。

因此可以说……我也能应付商联式小跑了。一回到屯驻地，我就冲回宿舍放下武器，喝起一杯轻松的茶。

还是茶好啊,我是不是应该买些管装茶,好让自己在出任务的时候也能喝?虽然比较贵,但该买还得买……算了,下次再说。

也是因为有了茶,大家才能想点别的吧。本来还在放松,大家一边各自享受着杯里的茶,一边在手持电脑屏上搜索本地的餐厅,一片祥和。

太遗憾了,这样美好的事却不得不加上个"本来"。

"啊?禁止外出?!"

"通知:商联负责人已发布命令,为保障安全,各位除任务时间外,须在屯驻地内待命。如有违反,将被派去布置阵地。"

阿玛利亚带着怒气咆哮起来。她那刺耳的尖锐叫喊声响彻这个让人挤得难受的狭小宿舍,但管制AI无动于衷,依然淡淡地回应着。

"理由呢?!"

"通知:这是出于安全保障方面的需要。如有违反,将被派去布置阵地。"

虽然也能外出,不过那就得大晚上干活了,绝对无愉快可言。

"……那个,管制AI,我对循环论证不感兴趣。我要知道的,我想问的,是实行安全保障措施的原因。"

"通知:商联军负责人颁布了安全保障措施。"

"怎么还是这句?!"

真是受不了。阿玛利亚对着 AI 言辞激动，然而海军陆战队制式的 AI 总是淡淡地回话。阿玛利亚慢慢失去了耐心。虽然我不是她，但光在一旁听着也知道这对话是不会有结果的，让人一点办法也没有。

这 AI，不愧是商联的精心制作。无论从哪个角度发问，它的回答都只在"安全保障方面原因"和"商联军负责人颁布命令"两句话里打转。

"我想起了浑蛋帕普金。"

我低声发了句牢骚。旁边的泰隆听了，重重地点了点头："可不是嘛。这可解决不了问题。说了能怎样呢？就没想让我们知道吧。"

那家伙总是自己想怎样就怎样。

埃尔兰多无奈地耸耸肩。

"没想到商联也搞神秘主义……不过如果只是这种程度上神秘一下的话，那也没什么好稀奇的吧。"

只见埃尔兰多摇摇头，也不知道他是惊讶还是在佩服。另一边，紫涵神色复杂地开口了："确实，晚上外出的话可能会生乱子。这个措施应该是怕我们引起或者被卷入骚乱吧。"

阿玛利亚一听，火气就上来了："等一下，你是说我会起乱子吗？"

她问这话时神情严肃……这呆瓜，真是槽点集合体。

"……你是说你不会吗？"

我想都没想就嘟囔了一句。泰隆听了这一本正经的话，狂笑起来。

埃尔兰多和紫涵这两个好孩子不作声，真没劲。阿玛利亚嘛……好吧，她怒火冲天了。

"喂！？"

阿玛利亚气炸了。她还没意识到自己正在犯傻吗？可能是意识不到了吧。她这样子，一丁点自知之明也没有。

要是有面镜子，她估计就明白了吧？看看自己那涨红的脸，怒发冲冠的样子，就会改变想法了吧？我刚开始想法子，苦瓜脸紫涵就插话了，转移了阿玛利亚的注意力。

"你刚刚看报纸了，什么感想？"

"太可怕了。"

"不错。"紫涵点点头，做作地歪着头，又问，"具体说呢？"

"就是这里的人都恨极了商联……噢，你的重点在这里？我懂了，紫涵。"

"谢谢，"紫涵微笑着对阿玛利亚说，"巴尔加星上的人，一天到晚都在搞各种党派斗争。能让他们团结一致的只有一件事。"

紫涵瞥向我，我替她说了她想的答案。

"反商联吧？"

"对……那个居民投票，在这里好像风评很差。"

好像？的确，我不否认商联式民主主义使人反胃。不过紫涵这话，听着有种事不关己的感觉。

巴尔加人确实被钱来钱去的逼急了。商联意识到危险的时候，应该也知道是自己在招恨了吧。

"这次嘛，因为主权独立要缴'专利费'，来收钱的特使阁下就成了巴尔加人的众矢之的了吧。"

所以要在巴尔加星上用上什么多足战车、什么炮兵队吧。

"所以说这次的任务真的很轻松？"

我只觉得这次任务非常紧张，压力爆棚。虽然这不是厨房里的作战训练，但怎么说呢？我总感觉非常不舒服。

泰隆见我满嘴牢骚，乐了起来。

"好了，明。你担心过度了吧？起码商联那帮上层是这样判断的呀。"

"这样啊，那太棒了。那什么上层离我们也就几米远吧？真想和他们一块儿吃个晚饭，聊一聊，打发打发时间呢。"

够了，这都什么跟什么？

他娘的！

这哪是安全简单长面子的工作，分明是单一无聊、让人闲出病来的软禁生活。还有，这里明明是个行星，吃的居然只有"超满足"！就算是火星上，虽然价格离谱，起码也有茶和麦当劳。在巴尔加星上虽然有信用币，但不能外出就没处使。政治纠纷这些破事，都别来烦我！

泰隆好像还是和我有同样的感想，我们异口同声地骂了句："妈的！"

骂得太对了。要是可以，我也早就用斯里兰卡语大喷脏话了。

当然，同样是骂，我跟那帮乐观过头的男人的危机感不一样。

装作商联外交使节的仪仗兵空降下来。

局势动荡，"独立谈判"面临失控。

商联当局压根儿就没有防范，就这样还妄想不会起暴动？怎么可能，他们又不是在弹药库上煮火锅的废物。

我有不好的预感，以前就有。

在内部第四次反腐斗争中，当官的父亲获罪，女儿也受到牵连。那个女儿就是我。

所谓权力，就是沾着独特腐臭和芳香，让局中人晕头转向的东西。父亲的小小虚荣心也受了蛊惑，恐怕就是这个道理。

这种事并不少见。

所以，一旦有这种熟悉的危险气息在弥漫，我总能感觉到。

降落到巴尔加星地面的那一刻起，我就明白了这里的局势，甚至感到害怕。

分裂主义在这里甚嚣尘上……活像一个火药库。结果呢，极具煽动性的论辩就像洪水一样到处漫延。

双方争论时都各执己见，毫不相让。

商联那边管事的坚信打好算盘就能按商联模式来。在商联人眼里，一切都可以拿来谈判，就没有得失权衡解决不了的问题。

至于巴尔加的当权者，他们宣扬种族自杀，保全大义，那是中了"正义"的毒吧！巴尔加人觉得完全没必要向剥削者商联让步。非黑即白的论调下，巴尔加渴求一场圣战。

商联和巴尔加，水火不容。

显然，双方对"正义"的解读相去甚远。他们都用斯里兰卡语进行谈判，但在说同一个单词时，双方所表达的含义却不同。这样，他们一直在鸡同鸭讲，却毫不在意。

极端地说，他们打从心底里迷信自己那套说辞更合理，自己是一丁点错也没有的。双方怎能不对立呢？不，双方不起冲突才怪呢。

我太明白那个叫什么帕普金的厨师为什么让我们带上实战装备了……那个混账骗子。

什么"本次任务没有任何危险。起码商联当局是这样判断的"，那就是胡扯。他本人早就意识到任务的风险了。

我得行动起来。

就算行动起来，如果搞砸了也是没命。要想的、要顾虑的都太多了。然而，到头来还是老样子。

CHAPTER 3

第三章
爆发

沉重铁锤，挥向压迫者！宝贵自由，属于巴尔加！巴尔加万岁！
摘自"巴尔加首都军第3团事变首日日志"

我刚躺下，一阵强烈的轰鸣和震动就袭来。不是吧？在巴尔加的头天晚上就给老子整这么一出？

乱糟糟的，到底是怎么了？

"见鬼了！"

我在床上摇摇头。

这才发现，我吓得一只脚都要踏出被窝了。我慌忙把脚收了回来，但心里还是不踏实。方才那响声，是我没听过的，不像是隔壁那帮蠢烧鸟闹出来的。

所以，到底发生了什么？想起来了……这里不只有烧鸟。

我刚醒，脑子还在迷糊，刚想起来这里是各种族大杂烩。叫什么多种族混合部队是吧？那帮狗娘养的！

我听惯了扬声器被其他烧鸟踹飞后高声播放的莫扎

特……别样的蠢货吵闹,按理说就会有别样的动静。

跨文化交流就会有别的声音,还是忍忍吧。

不想杀个你死我活的话,就算看隔壁那家伙不顺眼,也得忍着。不就是忍着不吐嘛,我还是能办到的。

"不对啊。"我摇摇头。

刚才那阵震动和巨响让整座宿舍都晃了晃,怎么回事?……瞎吵吵也得有个度吧。刚刚过分了吧?到底是被叫"快餐"的,实在是没有一点秩序。考虑考虑别人吧!混账们!

我忍住破口咒骂的冲动,想再继续睡,结果又被一阵震动惊醒。幸亏这床不是给人类睡的,宽敞,不然我就掉下去了。

难道……不是那帮混账闹出来的?地震了?好像都有可能。我头也没转一下,呆坐在床上胡思乱想起来。

我可不愿意刚醒就想这些破事。不过这床晃得太气人了!我摇摇头,正要起身,却一下子失去平衡,摔了个四脚朝天。

地震什么的,我明明在日本见多了……这动静只是地面晃动闹出来的吧?习惯了人工重力后竟开始大意了,我居然这么蠢!

室内昏暗,看样子确实是没到起床时间。行星标准时间现在是几点了?

我刚看向天花板,灯就"啪"地亮了。那光直直射来,快把我的眼睛亮瞎了。

我一声哀号,就听到了隔壁的叫声。

"见鬼!这是怎么回事?!"

那是惊慌失措的埃尔兰多在咒骂。他一骂,我脑子突然清醒了。发生什么事了?我凝神倾听,想要搞清楚状况。

那声巨响……不会是爆炸声吧?还有低声的"咚",细微的晃动,也是爆炸声?隔壁或是对面床的家伙弄出来的"咚"声也很烦人,但根本比不上远处传来的吵闹声。

这一次,爆炸声是连续的。

"是事故?不对呀。那是……"

这怎么也不像是瞎吵吵闹出来的动静。瞎吵吵搞不出这么大的阵仗。

我模糊的意识逐渐找到了该关注的重点。这时,连续的爆炸声中混进了警报声。

虽然适应了黑暗的眼睛在光下还是有点晕,但我也看到了光里混着闪烁的红点。响彻耳边的警报声也来添乱,真是跟最大音量的莫扎特一样难听。

"吵死了!现在几点了……"

"都什么时候了还问?泰隆!赶紧醒醒!"

泰隆睡眼惺忪,我轻轻戳戳他的肩膀,晃晃他。

"咋啦?"

泰隆慢慢地晃晃脑袋,揉揉眼睛。泰隆,快给我清醒过来看看状况!当然,还迷糊着的不止他一个,阿玛利亚也一头雾水,问道:"等等,什么呀?到底发生什么事了?"

没人回答,也没人理会。

有个仿佛从地狱传来的女声回应了她。

"……哼，那帮畜生。开打了吧。"

"紫涵？你在说什么？"

听了阿玛利亚不着边际的问题，紫涵浑身透出焦躁的气息，摇摇头，从牙缝里挤出几个词来："战争，打仗了！"

紫涵的话不能更简单明了了，没有一点歧义。哪怕是猴子都能听懂。她的话听着像浓黑的诅咒，里头的情绪喷涌而出。

紫涵用中文嘟囔着，还开始乱抓自己的头发。这跟阿玛利亚怒目圆瞪一样，都是奇景。她总是往头发上抹着发油什么的，摸头发时也是出奇地温柔……这下她破功了吧。

"啧"，我有点吃惊。

这才是她的真面目，平常都是装的吧？

"干起来了！巴尔加的垃圾们开火了！"

紫涵边说边往装备架走，三下五除二地穿好气密服，拿起武器。她的背影透出打算采取行动的决心。

是敌人来了，杀我们来了。所以我跟上紫涵。

其他人也仿佛受了刺激，急忙行动起来。大家穿好气密服，配上击针式步枪，全副武装。

这回是真的战斗，真的厮杀。我要做的只有一件事，就是把训练时牢牢掌握的好好发挥出来。我练得都快吐了。在厨房里，教官的讥讽像灌进脑子的摇篮曲，那些动作已经深入我们的骨髓！可为什么我手上会打滑？

动作都不顺畅了。该死！这是怎么了！

……我这是在紧张吗？

紫涵全副武装，已经检查完毕。她表情悠哉，瞥过一眼把头一歪，说："现在的男的……打扮起来好像比女人还费时间，真稀奇。"

她这话听着满是讽刺。当然，这比她担心我要强几百亿倍。她要是对我温声细语的，我可能会晕过去。

埃尔兰多就是紫涵说的那类男人的典型。他叹了口气，摇头说道："紫涵，别挖苦我了，这是实战，没办法呀！"

"也是。"紫涵的回应静得可怕。

"我们……试过一次马里亚纳演习，对吧？这次不用担心轨道空降途中被地面击落，算是幸运的首次实战了。"

我不禁插一句。

"幸运的实战？你还真说得出口！"

"你是想要空降时挨炮弹？轨道空降有七成的死亡率，现在直接从地面战开始不是好多了吗？"

……她一点都不害怕，不知道是胆子大还是没脑子。不管是什么原因，她不是新兵就行。

不过，我真不知道该不该佩服她。

不只是我，阿玛利亚也叹了口气。她像是有点累，边穿装备边摇头。

"别提了。再说就又想起在马里亚纳的混乱迷糊了。"

"该死。"我一听阿玛利亚的话，头都疼了。那种项目都叫"简单任务"？

总是有这样的破事。

商联人说轻松的任务就没有一回是真轻松的。在厨房里领教过了就应该更明白这个道理。

"好事里总是埋着雷，真是他妈的真理。"

噢，原来如此。

所以混账帕普金才让我们带上这些沉得要命的重型武器，明明只是一次简单的仪仗兵任务。那个黑心鬼，连这都看透了，还一丝口风都不漏。

我握着击针式步枪，在心里疯狂发泄着。

他就算警告我们一声也好啊！

……算了，他也只是利用我们而已。他这浑蛋，我怎么看都不顺眼。等回去了，我要给他一顿胖揍。

一定要打！我要用全力给他一记右直拳，朝他肚子上打！要用力，要在他身上打出洞来！对于帕普金，我不备上这么一份厚礼可不成。

我深呼吸了一下，准备就绪。这时扬声器开始连续放出机械声，说的是斯里兰卡语。

"通知：全员，换上第一战斗装备！全员，换上第一战斗装备！"

这话比莫扎特好懂，但内容却让人高兴不起来。两种都一样讨厌，没办法了。

不久，扬声器里传出了比机械声有些暖意的斯里兰卡语。

"换上装备！快！"

不知道是谁在喊，但说得对极了。是指挥部总算冷静下来，能好好发布命令了呢,还是只是极致混乱中的个别清醒声音?没人知道。

我痛恨输在起跑线上,因为慢手慢脚就会倒大霉。不想被人踢下去,就得先人一步。

所以,我顾不得多想就行动了起来。

中央监视器满屏通红,其中孤零零的小蓝点正是我军。在这样的孤军之地,我军指挥所的状况岌岌可危了。

在巴尔加,忠于商联的只有我们自己。巴尔加人全带着商联的装备叛变了。

"真是白费我的一番警告!……那帮搞政治的蠢货!"

一脸惊恐、破口大骂的,正是部队的指挥官里美尔武官。当然,不只是他,在场所有人都惊怒交加。

"武官大人,特使阁下他……"

里美尔皱起眉头,循声望去。那些要忙的事就像是恶债,那利率高得跟可恶的财务氏族定的上限似的,还利滚利地越滚越多。

早晚得被那些破事压垮。

"他提要求了?要确保他的安全是吗?"

里美尔手下的军官沉默地点点头。我的表情想必和他的一样。而身经百战的海军陆战队军官们个个神情复杂,因为他们和里美尔一样焦躁不安。

什么特使阁下,就一胆小鬼。

而且,当初为了节省经费,要求用"快餐"虚张声势充当护卫的正是他自己。现在倒好,竟然要求那些不经打的家伙确保自己的安全,真是可笑至极。

该怎么回话呢?

里美尔一时陷入了沉思,但他也意识到,时间不多了。

又是给外交氏族收拾烂摊子。说白了,军事氏族就只有苦苦卖力的份儿。除了这个,商联向来的普遍真理就只剩一个,那就是当指挥官的得端好架子,在部下面前装威风……里美尔这样想着,强装起自信,字字铿锵地下令道:"去禀告特使阁下,面带笑容彬彬有礼地禀告他,我们军事氏族,一群草包饭桶,商联的摆设,税收的米虫,愿为背负商联名誉尊荣的外交氏族竭诚效力!"

要是再气势十足地来一句"开始行动",那里美尔的指挥官形象可就勇猛无比了。

那个军官脚跟一碰,行了个礼就跑去回话了。没等他跑出去,里美尔转过身就开始利落地发号施令:"准备应战!'快餐'是多,但都是指望不上的。别被表面上的防线蒙蔽,真正靠得住的只有你们了!你们要把敌人撕开的口子一点点补上!"

里美尔几乎要哀叹穷途末路,但为了鼓舞士气,他还是强撑笑容说道:"各位,这正是你们一显身手的最好机会!

该是展现我们商联海军陆战队队魂的时候了!就让全银河系看看我们的实力吧!"

"是!"

听到手下劲头十足的回答,指挥官相当满意地点了点头。士兵们团结一致,斗志高昂直面危险的精神头也是无可挑剔。

不过那只是表面的完美。

我没有猜错,完美的外表下果然是藏着慌乱的。

里美尔让手下士兵守着指挥所,就回自己的单间去了。一进门,他的尾巴就耷拉了下来。

直至刚才还挂在里美尔脸上的勇猛伪装荡然无存。要是对着镜子,他就能看到镜子里映着一张军人脸庞,上面满是纠结和痛苦。里美尔抬起头,一声不吭地望着天花板。

至于刚才在手下面前的意气风发……只不过是出于义务的虚张声势。对于这一点,我再清楚不过了。

那些套话听着斗志昂扬,但里头藏着绝望,甚至还有死心。

情况不好了。

不……是糟透了。预想中最坏的情况偏偏在最要命的时候发生了。作为巴尔加军区司令,里美尔从得知敌人入侵起,情绪就像超级耀斑一样狂乱。

即便里美尔在自己房间里卸下伪装,想办法找出路来改善局面,也还是毫无头绪。他强压下混乱激动的情绪狠狠地瞪着地图,整个人散发着压不下的怒气。

没有出路吗?真的没有吗?一定有的,出路就在……

找不到。

里美尔怎么找也找不到出路，这就是所谓的无力回天了吧。

"除了一支中队，就只有那些不中用的炮灰小兵了！？这仗还怎么打啊！"

里美尔不由自主地发起了牢骚。

不过，对着这实打实的困境，他的牢骚倒没有半点掺假。我方兵力就只有一支海军陆战队中队，还有那些"快餐"小队！

都怪那帮废物，居然把巴尔加当地的军队算作"友军"。就凭这点兵，还要我军怎么打？

更要命的是那帮"快餐"，连种族都不统一，就是个杂种部队。就算是去充个场面，统一种族的话也比现在强啊。

没必要再细算了，结果不都明摆着吗？敌我战力太悬殊了。

双方根本没法相提并论。

一支连装甲兵都没有的海军陆战队中队能做什么呢？……能英勇作战，但也只能英勇作战了。

正因为深信自己的士兵会恪尽职守，里美尔实在是急坏了。

把自己的士兵鲁莽地送到那种战场上，实在是指挥官之耻，简直罪恶得让人作呕。

到头来，自己还是要受伦理规范那些条条框框的限制！还有比这更糟糕的吗？要是能轨道炮击就好了！

都是那些政治要求害的，结果现在自己在敌方阵地里孤立无援……之前何曾想过不战而降，但现在实在是走投无路了。

开战就是以卵击石。话说回来，这是什么破剧本，我方一手烂牌，敌人却满手王牌，而且那些王牌大多还是我们的商联同胞商人们亲手奉上的。

"贪得无厌的贸易氏族，通通给叛贼们杀掉好了！卖别的就算了，偏偏连海军陆战队的TUF-MAGAK都……"

现在巴尔加人手里的武器就是商联母国工厂生产的，当地因产能富余，所以卖起了武器。那群家伙脑子是坏，但卖的倒真是好东西……就连那么要命的装备都卖了。多足战车配自动化炮兵？我们还怎么打？

"可恶……军工联合体那群贪婪的混账东西，为了钱真是什么都卖！"

这就是商联的坏毛病，见钱眼开。

这点我懂。不过，武器生产线上的人可就要咒骂连连了。

里美尔估计也想骂街吧。敌方布下了炮兵阵地，还配备了难对付的装甲兵，这简直是陆战指挥官的噩梦。

到头来，"不悖伦理"这一条商联军的规范给里美尔戴上一道道枷锁。大扩张时期，他可以通过轨道炮击去铲除当地的"蛮族"，但现在不同了。

在列强面前，里美尔有义务遵循"符合伦理道德的交战法规"，尽管，每次敌方都并非正义，而且那法规只是对我方的约束，但里美尔是不能无视的。

里美尔一边嘟嘟囔囔发着牢骚，一边再次直面惨淡的现实。

"敌方武器再怎么看也是和我们的一样。我方行动受法律限制，还要被敌方用我方制式装备攻击，真是糟透了！"

最让里美尔头痛的，是敌方的多足战车。那多足战车的规格和我熟知的几乎一模一样，要说有什么差异，恐怕只有涂装不同吧？那跟我们最前线的武器制式完全相同。

就连商联的海军陆战队都把那些装备用作巷战武器，现在要和拿着那些装备的敌人开打？

"怎么偏偏把武器卖给要主权独立的家伙？他们一直都这么干吗？！"里美尔发了句牢骚，接着轻轻一哂，"看来以前我是在逃避现实！"那帮蠢货卖了武器，那才是他早该看清的现实。道德那玩意，要变成什么鬼样子？

"TUF-MAGAK 有 12 架。敌人有一个战车中队，我们不可能正面迎击……但去轨道升降机的路已被堵了，也是不行。"

屯驻地到太空港的轨道升降机之间距离太远了，根本无法维持联络线。

带着特使阁下一行一起跑？太鲁莽了，简直是天方夜谭。实际上，轨道升降机已经失守了，毕竟那里的管理员几乎都是巴尔加人。

本地自治政府思虑这么周全，想必是不会有漏洞的了。

即便到了那里，商联军能顺利上升降机吗？一般来说是不可能的。

在诺尔干和科尔马两大古战场上，海军陆战队的先辈们就是在这个环节上费了许多劲。我上学的时候还同情过那些军事氏族的优秀前辈。

不过，回想起来，课本的字里行间都透着对他们的憎恨……我要是更认真地理解文意就好了！财务氏族那些蠢货！那些死脑筋的！

"那些傻瓜，什么都没学到！什么是投资回报率？！要是太空港能用，我们就不用费这么多工夫了！他们知道吗？！"

里美尔在绝对隔音的单间里怒吼，吐出了他心里堵得发慌的情绪。

他忍不住幻想，要是有退路就好了，或者有补给线也行。对军官来说，联络线就是生命线，就跟必需药物一样。

而行星上的太空港就是军队的命门所在。

这诱惑太勾人了。但我军现存兵力不足，也只能笑说那是"酸葡萄"了。

该想点别的了。里美尔晃了晃脑袋，让自己振作起来。

眼下能做的只有在屯驻地开展全面防御，守住据点。虽然舍弃退路、死守据点的守城战术通常是下策中的下策……但现在只能这么干了。

里美尔断定了我军无力顾及港口，接着，他打开通讯显示器，要对部下发出号召或者说是直接向部下宣布自己的作战方针。

"可以放弃去太空港的路了！反正轨道升降机是指望不上了！"

"但是！"部下们正要发泄，就遭到了里美尔的叱责。里美尔坚决开展据点防御部署工作。就连我都清楚他手下军官们的反对，他就更明白了。

他信心十足地强令军官们进行全面防御，巩固防线，然后，他又对在行星上空待命的舰队发令。

"有紧急事项。舰队司令部，我是驻巴尔加海军陆战队。太空港无法使用，请往屯驻地跑道上派送装甲穿梭机。"

"司令部收到。穿梭机投放时你们能扫清周围的敌军吗？"

"不。很可惜，我们的战力太不足了。"

只在人数上占优势的仪仗兵队也只是"快餐"组成的纸老虎，最多只能把他们扔到据点的地堡里，让他们拿上枪。

那帮家伙就连行个军都不成样子……能指望他们去扫清敌人吗？就算是痴人说梦也有个限度吧。

就算强令他们去应敌，恐怕整队的工夫就被人全灭了。肯定会被敌军炮兵打得渣都不剩。但不让他们去，就连表面的防御线都拉不起来。

"单靠屯驻地的话是办不到的。所以才请求你们马上强攻空降增援我们，尤其希望你们能提供重型火器……"

坚持不住了。里美尔之前一直撑着，说到一半，他就罕见地被通讯员打断了。

"……请稍等。"

"怎么了？"

"指挥官，舰队司令长官来电。"

"啊"，里美尔明白，估计要有噩耗了。

当然，里美尔还是太天真了。通讯员的身影刚从显示屏上消失，里美尔和在空中的提督阁下的直线通话就开始了。

管制AI显示线路状况优良，那恰恰意味着情况不妙了。

"我对海军陆战队的各位有个不情之请。"

"阁下您的意思是？"

里美尔想要让无法避免的溃败延后一点，死命挣扎着，但那没有意义。军事氏族的提督绷着脸，不愧是传达这类事实的老手。

"驻巴尔加舰队里没有空降舱装备舰艇。全舰装备是按本土舰队标准配置的。往返行星时我们只用穿梭机。"

提督用武官特有的平静口吻传达着残忍的消息。他不停地说着，可里美尔听了，只觉得脑袋突然挨了一枪。

"穿梭机？不会吧……"

"是的，我们连装甲穿梭机都没有。"

商联没有想过要冲破大气层开战，所以只配备了普通的穿梭机吗？是打算用一点点损耗代替全身着火吗？那种穿梭机用在后方区域固然好，但能用在要打仗的地方吗？！

这么做的好处只有省钱这一点。怪不得只有财务氏族爱这么干。

……真该让那帮浑蛋用这装备应敌看看！

"……那，我们……"

"我明白你们很艰难，但请你们为商联的财产和特使的安全暂且坚持住。本土的临时舰队已经装满设备物资增援你们来了！"

舰队司令官打断了里美尔的恳求。从他急切的话语里，里美尔看到了希望。

里美尔感觉舰队司令部的通讯员也好，提督也罢，都总能打断自己的话。他所属的海军陆战队粗鲁又简单明了，舰队武官们冠冕堂皇的说辞让他厌烦。

叹气是失敬行为吗？

恐怕是的。

即便里美尔没能说完自己的恳求，但他对现实情况十分清楚。

巴尔加星上的屯驻地正被敌军的浪潮吞没。我方兵力只有一个海军陆战中队，还有些凑数的"快餐"。可以应敌的只有纸糊军队，当然了，没有增援。

这样，里美尔要做的事就简单了。他按教条维持自己的武官形象，同时用冷酷的口吻向舰队司令部说："阁下，下官明白了。下官会率全体巴尔加地面战力……按照舰队司令部要求奋战至死。"

我们 K321 小队冲出宿舍，直奔事先分配好的防御点。

我们负责的，是盖着沙袋、部分用了混凝土加固的简易防御设施，也是设在屯驻地外延区的火力点之一。

"他们是在猛攻吗？"

"巴尔加的智障还真干起来了！傻不傻呀？！"

和泰隆大声地开着玩笑，我还故意嘲笑了那些老鼠一番。虽然时不时有零星的炮声传来，听着挺吓人，但我没觉得巴尔加老鼠们的炮击能对我方造成多大损伤。

"……喂，大家，把敌人击退了再闲聊好吗？"

"埃尔兰多说得对。快准备吧！"

"好好好。"我敷衍地回应了白色噪音源一声，同时把击针式步枪握到手上。

地堡真是个好东西。我们进的地堡看上去并非特别坚固，外表朴素，根本没有威慑力。

不过，我们冲进去一看，就发现地堡建得格外牢固。商联禁止外出，就是要多抓人来建设阵地。几个小时前，我还骂商联小气鬼、让我们白干活。但现在，我要收回刚刚说过的话。

里头有弹药、物资，这比什么都强。在睡前就把多用途导弹和击针式步枪子弹搬来放着，真是太好了。而且，这里的"超满足"够我们吃上三顿，想吃就吃。要是能有一顿麦当劳就好了……算了，不想这些有的没的。

当然，也有跟事前说明差了十万八千里的。这任务哪里是来充场面的？不躲起来的话会死吧？

"商联人真是……"

我要吐槽的多了，但机械声不看人脸色，打断了我的话。

"通知：CP 要求，所有火力点，报告。"

"什么呀？"我皱起眉头。

管制 AI 紧接着不断循环播放起来。"报告"？什么玩意？我正呆呆地想着，阿玛利亚开口了。

"我们已经按分工到位了。"

"通知：收到 K321 报告。完毕。"

听了阿玛利亚的敷衍回答，管制 AI 就满意了。"完毕"话音刚落，合成声就没话了。看来，话多的家伙碰上聒噪的人就消停了？

就跟 1×1 变成了 1+1，结果让人惊喜？这我学过！

我正要细品这美妙的寂静，下一秒，震耳欲聋的爆炸声响起，我难受得皱眉。

这些把我从床上震下来的轰鸣，就跟扰人安眠的那些家伙一样的该死。

紫涵轻咬着嘴唇，说道："炮声越来越密集，那是在宣布战事拉开帷幕了吗？放过我吧。"

没错，那确实是预告。

刚刚还只有零星几声炮响，现在炮击声中突然有了新的声音，咚、咚、咚、哪、哪、哪。

一听就知道是怎么回事。

"是巴尔加人！他们打过来了！"

声音里有恶意和敌意，那是我一天前就切身感受过的。他们来杀我们的动机太充分了。

我才发现自己无意间已经握紧了击针式步枪。这枪虽然在巴尔加该死的重力下死沉死沉的，但要打老鼠的话，还是这重量让人安心。

"黑漆漆的哪看得见呀，可劲打他们吗？"

"不可以的！泰隆！"

英语圈的家伙还在傻聊，不管了，我紧盯着昏暗的四周。没有灯的话，让眼睛适应黑暗就行了。

最开始像是看到一面漆黑的墙，但眼睛习惯后就不一样了。

从刚刚的一片漆黑里浮现出物体的形状，虽然模糊，但还是能看清轮廓。眼前的场景越来越清晰，其中有什么在你推我挤地蠢动着。

连续几发炮弹的微弱火光中，影子出现了。

"看到了！"我笑了笑。

朝那边的黑影打，就能开始逮老鼠了。

刹那间黑暗散去。

"是照明弹！"

埃尔兰多的欢呼太刺耳了，但他说的才是关键。我的眼睛刚才适应了黑暗,这下我赶紧闭眼以防被亮瞎。

那光算不上强,但还是刺眼。

照明弹的光把地面每一处都照亮了,就跟白天似的。

"嘶……"

我一不小心直视了光亮下那团蠕动的影子,眼睛刺痛。

那些东西眼睛瞪得老大,盯着我们,向这边横冲直撞而来。黑黑的、杀气腾腾的老鼠们像浑浊的激流。如果真有噩梦的话,应该没有比这更可怕的了。

"是老鼠对战烧鸟吗?该死!全往这边来了!"

泰隆听了我的话,嚷嚷起来:"来吧!来呀!"

"来!"我也大喊了一声。我才不管阿玛利亚会不会随口讽刺我吵闹,更懒得管埃尔兰多那慢性子,以及紫涵那诡异的微笑。

我只要做好自己的工作。

其实我一直都干好了自己的活,这次也不例外。我要做的就是打死那些躲在掩体后大摇大摆的老鼠们。

这很简单,击针式步枪真的很好用。

就按厨房里笑面教官教的,用击针式步枪的无壳小口径高速弹把巴尔加人全都打死。

准头好的话,一枪就能毙命,就算没打中要害,也足够废了他们。

巴尔加老鼠们也在发动猛攻,能躲在地堡里打他们真是太棒了。就算他们怪叫着向我们冲来,也顶不住我们的火力。

刚刚还气势汹汹的第一拨老鼠们一下子就成了尸体。

我们有沙袋挡着,他们什么掩护的也没有。这下就成了简单的害兽消灭行动。

不过,六十发的标准装子弹一眨眼就打完了。

能秒杀老鼠自然是好事……但大家都在拿地堡里存的弹匣,不停地发射。我看着,一下子回过神来。

"杀不完的!这子弹够吗?!"

我边上子弹,边瞥向减少中的弹匣,大吼了一声。不知道屯驻地边上围了多少老鼠,我也不想知道……但这该死的老鼠也太多了吧!

"鬼才知道!不过现在好像消停了……"

听泰隆这么一说,我望了望四周。只靠照明弹的光看不大清楚,但确实没看到老鼠死盯着我们了。

"哎呀,这就完事了?"

我在努力缓和气氛,可不懂协调的家伙似乎还不明白。阿玛利亚就仔细提醒我说:"怎——么——可——能?"

真谢谢她,一字一字地分开说。这个英国女人,总是这么讨人厌,老是用笃定的语气说些无趣的话,太欠揍了。

"司令部通知:巴尔加武装势力正再次向外围阵地渗透。ROE是巷战规定。强烈希望各火力点遵守道德规范。各火力点,继续防御战斗!"

这应该不是阿玛利亚的话招来的,但她话音刚落,管制AI就开始不停地放警报。更烦人了。

还在说？

我突然觉得渴，忍不住喝了一口水。虽然我早就知道它难喝，但能把好好的水变得这么难喝，太空还真是处处有污水。

这时要是有凉了的茶也好啊……"还是得买。"我暗下决心。

下次我要买好管装茶。说实在的，那真是贵得要命。但要是买了，我就不用在这种时候喝难喝的水受折磨了。现在这样，我死也不瞑目。

在能用信用币解决的事上，花钱比不花钱强多了。

我下定决心，叹了口气，和其他人一起重新架好击针式步枪。这时，刺耳的噪音响起了。

"通知：太空港发来紧急通知……"

"嗯？什么？"

我仔细听着，但只听到杂音。商联的无线通信和网络系统应该还是很可靠的，怎么回事？

算了，我转换思绪。还担心别人？先担心自己吧。

埃尔兰多那种爱操心的人就被吸引住了。

"刚刚说太空港怎么了？"

"太空港是被烧了，被占了，还是被毁了，谁知道呢？埃尔兰多……反正一开始我们就被敌人包围了，不会有什么新鲜事的。"

我笑着点出的是简单的事实，埃尔兰多应该马上就明白了。

"还在这儿絮絮叨叨?快动手杀敌吧!"

埃尔兰多看着很累,但听了我的话还是服帖地点点头。在他身后,美丽快活的阿玛利亚说了句非常暖心的话。

"你们俩傻瓜,别忘了要活下来,给我打完再死。"

可能是看见我表情抽搐,在阿玛利亚旁边架好枪的泰隆为了打圆场苦笑了一下,说道:"阿玛利亚说的也不完全对,不过,死是老鼠们的事。我们要做的是先灭鼠!"

泰隆这话真有人情味。我正低落着,听他这么一说,我振作起来,重新瞄准。

该死的是老鼠,灭鼠的是我们。最后一定是我们的胜利。把老鼠都杀了,我就能活着回去了。

"还搞突击?这些不学习的废物,脑袋都是摆设吗?要是不动脑子,还是赶紧去死吧,别费我们的工夫了。"

发出的子弹一下就打在老鼠们身上。他们"砰"地被击倒的姿态很震撼,让我知道是真的命中了。

要是数数命中的老鼠,那一定不少。

毕竟我们只是对着老鼠堆开枪,做的跟说的一样简单。

或者直说吧,这太简单了。

老鼠们小小的,但团成团就怎么也能命中。但反过来,可以说敌人已经多到要团成团了。

糟糕的是,敌人让我们倍感压力,我们这边的疯子快爆发了。

"好多!太多了吧!"

地堡里回荡着阿玛利亚刺耳的叫嚷声。这种事不说我也知道,快给老子闭嘴!

老鼠们像浊流一样奔涌过来,怎么打也打不完。结果泰隆也嚷嚷起来,听着像是被缠住了手脚。

"完了!老鼠攻进来了!"

眼见那老鼠离我们越来越近,近到我们乱扔个石头都能打中。

老鼠们也不管有没有掩护,直直地攻过来。他们是怎么了?这哪是不怕死啊,这是单纯不要命了吧!

但要是它们打过来了,我们怎么办呢……真不愿意想。

"上榴弹!上榴弹!把他们炸飞!"

紫涵挥着手,向其他人命令道。她可真任性。

我也想把他们炸飞。但弹药不珍贵吗?现在都用完了,弹药会从哪块石头里蹦出来吗?我们手里的弹药是有限的!

"这可是贵重物品啊?!你真要用吗?"

"你要是想抱着弹药躺进坟墓里,那就请便吧!"

"啧!"我又想了想紫涵的话。

虽然弹尽粮绝很糟糕,但因为吝啬这点必要的开销丢了命同样是傻到家了。

……她的话没错,虽然我很不愿意承认。

这事要跟志同道合的人一块儿干。我强忍不满,悄悄地戳了戳泰隆的肩。榴弹就放在击针式步枪的前面,包装简单,一拿就能打了。来复式榴弹很轻便,但跟"超满足"不同,虽方便，但数量不足。一箱十发，一共只有两箱，是真宝贵。

榴弹的数量不够。那就来听听提议者本人怎么想吧。

"紫涵，咱们打几发？"

"两个人打一箱吧。行了，快打！"

我和泰隆乖乖地把简易包装弹箱拆开，把里面塞得满满当当的榴弹分成两份，一份五枚。

接着，我们把榴弹排在发射位置前，这样一拿就能上膛了。我问泰隆说："随便打？还是有计划地来？"

"一块儿想想呗。"泰隆的回答自然是巧妙。另外，要想好按什么顺序来。最好是把障碍物炸飞？

"那就把尸体连着老鼠堆一块儿炸飞，让榴弹辐射穿透他们！"

"真有气势……好，动手吧，明！"

"好嘞，别搞砸了啊！"

"管好你自己吧！"泰隆这小子一边回嘴，一边麻利地拿起摆好的榴弹塞进膛口，查看固定情况。管制AI解除电子安全装置，我和泰隆再手动拔掉安全销就准备就绪了。

接下来就有问题了。

我们用不惯弧形弹道，只能请求管制AI这种货色帮忙了。按照计算的提前量标示瞄准实在是让我们一个头两个大，真的太难了。

我和泰隆在瞄准的时候，其他人在用击针式步枪到处扫射，想要让老鼠尽量离地堡远点，但还是有大堆老鼠涌过来了。

一直靠在沙袋上扫射的英国女人像是不耐烦了,大叫起来:"还没完啊?!"

"这不在瞄准了吗,催个屁啊?!"

我对着吵死人的阿玛利亚吼了回去。同时,我总算是瞄准好了。任老鼠们奔涌而来,老子也一把收拾了他们!

深呼吸一下,确定目标。我极力保持着枪的稳定,喊道:"泰隆,要发射了!一、二、三!"

"去死吧!"

我们把榴弹打出去了。

打出的弹药都在巴尔加星球强重力的牵引下呈抛物线飞到了老鼠们的头上。榴弹里的测距引信一感应到榴弹进入最佳杀伤范围就引爆了。

点火,引爆,爆炸。

老鼠们一下子被扫平了,那画面叫一个漂亮。以榴弹为圆心,半径十五米以内的老鼠们当场毙命,就是距榴弹五十米开外的老鼠们也被炸倒了。

"中了!打中了!"

我欢呼了一下,接着又要拿起一枚。紫涵突然喊道:"你太嫩了!"……不过,起码现在老鼠们是没法再聚成一团了。

我们会扫平他们的。说着我们就开始用重新装填的榴弹开始打击新一拨老鼠,那效果真是立竿见影。空中炸开的榴弹碎片让大半数老鼠不动了。

唯一的也是最大的问题就是榴弹数量。

"怎么样，埃尔兰多？消灭干净了吗？"

"没呢！又来了！你们俩快接着打！"

埃尔兰多边警告大喊，边催我们行动。用不着他说，我也正想着再放一炮收拾那帮鼠辈。

但哪能说打就打啊！智障埃尔兰多，我们两人才打十发呢！

"得了！快打吧！"

话不投机，说了也是给自己找不痛快。我和泰隆又朝老鼠头上打了三四发榴弹，每打一发，就响起老鼠们的哀号，那声音美妙极了……不过，快乐的时光一瞬间结束了。

榴弹不够。

打了又打，杀了又杀，但老鼠们总是跟蟑螂一样喷涌而出。

就算榴弹有特效，一个劲儿地打也会用完。

打到第五次，这一箱可就打完了。榴弹是打出去了，可老鼠停都不停，直奔这边来。

"该死！这些狗娘养的，居然用尸体做掩护，太狠了！"

尸横遍野的老鼠们挡住了扫射，让击针式步枪的攻击失去效果。我们在厨房里可没学过这种状况。即便想再打一箱榴弹灭鼠，怎么说呢……心里还是有点想打，但那样效率太低了。

"榴弹用着是方便，但毕竟不是魔法棒……"

"一挥魔法棒，敌人死光光，那多好啊。"

"应该是吧。"我同意紫涵说的，点了点头。但现实是残酷的。我只能一直打一直打,不让敌人靠近。老鼠再多,攻势也终于开始停滞了。我心里开始吐槽,这战场,全是尸体,这恶臭……

"侵略者去死!"

突然,意想不到的话响起了。这斯里兰卡语也太差了。听了这恶意满满、毫无理性的咒骂,我不禁皱起眉来。

"什么在叫?那是什么?"

"明,是那边。"

我沿着泰隆指的方向看过去,是老鼠们。

"是巴尔加老鼠吗?"

我看到脑残老鼠们像疯了一样叫着。应该说,那些鼠辈在"吱吱"叫嚷?我单手拿着枪,胡乱扫射,一边用力指向鼠群。老鼠们真是恶心得无法直视。

我快吐了。我吐了口唾沫,光是忍着不骂娘就够累了。

"明!那是障眼法!看看四周……"

阿玛利亚冷静的话听着特别刺耳。都这时候了还来烦我,她可真行啊!这女人真是完全不分时间、地点和场合。

"我知道!不都说了我知道了吗!阿玛利亚!"

我敷衍她一句,赶紧瞄准目标。

"都说了让你闭嘴了!"

击针式步枪现在打得相当顺手了,基本上枪枪命中。

怎么可能放过那些杵着不动的活靶子呢?

击针式步枪的小口径高速弹不偏不倚地打进老鼠体内,

像是被吸进去似的，再带着各种内脏穿体而出。

不用说，效果棒极了。"啪！"烦人的老鼠们倒下了，这下安静了。这场景，太让人感动了。

"击针式步枪真行啊！"

"怎么突然这么说？"泰隆追问我道。

我故作轻松地笑笑说："要让智障们闭嘴，击针式步枪最有用了。"

要是更早之前能这样就更完美了……我是个谦虚的人，向来不爱设想那些有的没的。

不过现在还不是放松的时候。从刚才开始，当作掩体的沙袋就一直嘎吱嘎吱地发出怪响，那是老鼠们倾泻过来的弹药发出的声音。

我脾气是好，但我的忍耐也是有限度的。

"侵略者去死！"

这些小畜生！他们一冒出来，我就直接用扣动扳机回击过去。

"去死！"

双方子弹交错，老鼠们还时不时打过来炮弹。他们就站在炮火里，没有任何掩护。

打死这些蠢老鼠可太简单了。

我们可以不停开枪灭鼠，还能用地堡掩体防身，安全舒适。这比厨房里的演习简单多了。

应该是因为战场局势太明朗了吧。"侵略者去死！"老鼠一个劲地问候我们,我们是不是应该好好谢谢他们呢?

但老鼠的叫声,我听腻了。

"这是在重复同一句话呢。"

"嗯",我也发现了。

"他们是脑残还是智障啊?怎么感觉他们只记得这一句?"

真是够了。一直任敌人骂我们是侵略者,让我们去死,不傻吗?干脆就当个侵略者,好好侵略得了。

首先,要用当地语言交流。

"喂,埃尔兰多,帮个忙呗。"

"跨文化交流的话还是你自己来吧。我不懂巴尔加语。"

"是嘛!"

这家伙也学聪明了。我还是问最有用的那个吧。

"喂,管制AI,'去死'用巴尔加语怎么说?事先声明啊,这不是我自己要说的,是用来打仗的。"

"通知:歧视及谩骂语言属于仇恨犯罪相关管制对象。基于防止仇恨犯罪及相关行为方面知识,商联当局伦理措施规定,该词仅可用于学术……"

"真服了。"

我目瞪口呆,小声吐槽了一句。

"通知:如要查看跨文化交流方面的商联伦理规定,商联军队职工应遵照商联氏族公认伦理宪章及……"

不止我,其他人也吃了一惊,皱起眉头。

泰隆吹起口哨，嘲讽商联，埃尔兰多表情发僵，紫涵还是那副嘴脸，就连平常爱扯歪理的阿玛利亚都一声不吭。

这恰到好处的愚蠢，难道是商联的拿手好戏吗？

伦理道德？博爱？

这么一本正经地胡说八道，商联还真是天生没脑子。还不如死了干净。

都怪我们吃惊发愣分散了注意力，有黑影蹭了过来也没及时发现。

来的是卑鄙鼠辈，离我们非常近。他们应该是用尸体打着掩护，"咻咻"地蹭过来的。只见血淋淋的尸体后面，一只老鼠跳了起来。

"喂？！"

泰隆和我立马开枪，老鼠翻了个身，死了……但还是让他抓到了空当，死到临头还作无谓挣扎，扔了个废物……一个固体物滚进了我们的地堡里。

是个圆圆的黑球。

"手榴弹？！"

我赶紧伸腿，用脚尖钩住它，使尽全力把它踢进战壕的小洞里。

那个球乖乖地掉进去了。

时机刚刚好，真是千钧一发。那球刚滚到洞底就爆炸了。

幸好，无人伤亡。

"好球啊，明！"

埃尔兰多夸道,一把拉过我的手搭在自己肩上。他说得太对了！我那一脚真是立了大功。

算是告一段落了吧,这会儿枪声也少了,我松了口气,开始调整呼吸。

"说到伦理道德,真想让管制 AI 大人来解决敌人。"

"它是商联的东西,肯定会遵照道德,合理地消灭敌人。"

紫涵的话满是讽刺,我一听就笑了起来。我们聊天这会儿,巴尔加老鼠有的在重复同样的话语,有的不断被我们打死。

这些鼠辈一点学习能力也没有。

"什么商联规则,我不管,博爱精神能用来开枪吗？"

哈哈哈,那样就太祥和了。

炮声稀稀拉拉,偶尔有几发子弹飞来,还有些什么东西被沙袋弹开了。谁知道是什么玩意。在这种地方,能冷静从容才不太正常呢,但人嘛,什么环境都要适应。

看看四周……有点冷清。老鼠应该差不多被消灭完了,或者被打跑了吧。胜利的曙光就要这样来临了吗？

我正高兴,阿玛利亚就给我泼了冷水。她冷得彻骨的语气听着吓人。

"完了。"

阿玛利亚脸色发青,骂了一句。就算在暗处,她发僵的表情也清晰可见。

她的枪口对着的,是什么？大胖老鼠吗？……不是,是老鼠背着什么？

"……他要自杀。"

阿玛利亚说完,脸色一变,开始疯狂开枪。不只是她,其他人也是。

"使劲打,快!"

大家拿出前所未有的认真劲儿,开枪扫射起来,真是奇景。"怎么了?"我皱着眉问道。紫涵耐心地解释说:"他们要搞自杀式袭击!他头脑发热要自爆了!要冲过来了!不要命啦!"

完全明白了,事态很糟糕。我也急忙朝冲过来的大胖老鼠射击。

也不知道打中了哪里,有只被打中的老鼠爆炸了。他胖,不是因为脂肪多,是因为炸药多。

千万不要让他们过来。

一只,又一只,我不断地消灭爆炸老鼠。到了最后一只,它离我们很近,我对准它,该结束了。

"把你干掉!"我轻松地扣下扳机,去死吧!

我明明扣了扳机,为什么打不出子弹?

"卡住了?!"

在这么关键的时刻,我的击针式步枪罢工了。这明明是商联产品!我还觉得只有这把枪能用呢!

啊啊啊!去你的!给我发射……赶紧再打一发……来不及了。

我只顾着手上的击针式步枪,K321小队的其他人也反应慢了。结果,大胖老鼠到达地堡了。

他一脸得意,唉,只能这么形容了,透过我的瞄具,可恨地瞪着我,说道:"侵略者去死!"

好难听的斯里兰卡语。发音也随意,难听死了。最气人的,还是他自以为胜利的得意劲儿。我对优美的斯里兰卡语并没有什么兴趣,不过我的用词还是不错的。

但我肯定不想在被人看扁时听这种话。

"侵略者去……"

还没说完,老鼠就丢了脑袋。这一枪打得真漂亮,只把老鼠的头打飞了。大胖老鼠的身体倒在血泊里。

得救了……

"多亏他话多。明,泰隆,还好吗?"

"我很好!亏得有你!"

泰隆爽快地笑着应道。他这人真老实。算了,她确实救了我。虽然不情愿,但我还是跟着泰隆说:"我也是。谢谢你,阿玛利亚。"

"你们欠我一回啊,用茶叶和通话时间还吧。"

"不好吧!"我和泰隆都发起牢骚。我是要谢谢她,但这样也太暴利了。再怎么说,要是老鼠自爆了,大家都没好结果。

"过分了啊,你那是暴君行为。给你三管'超满足',咱们两清了吧!"

接收到我礼貌的谢意后,阿玛利亚沉默地摇起头。这女人怎么回事？通话时间我用不着，那就算了，但别拿我的茶。

"唉"，我被驳了面子。这时，我发觉手上的击针式步枪直发烫。

"糟了。"

"咋了？"

"击针式步枪太热了……"

我想说的是，枪用不了了。

"那得让它凉快凉快。"

"不是吧……我的也烫？！怎么回事？"

泰隆也一脸为难，仔细瞧瞧，原来大家都这样。刚刚打个不停，弄得枪都烫了，那热度，隔着气密服都能感受到。

怪不得我的枪刚刚卡住了。

这么说，大家的枪也都快要不行了。

紫涵就先不提了，她就跟没事人似的，我们发射的节奏一样，可我的枪身非常热。在火星演练场上射击那会……哎，不对，之前发射可没这么密集。

该死，我明明在哪里听过。应该有人提醒过，使用无壳弹会发热……是无名氏教官说的，我刚刚要是想起来就好了。

对着那个独自淡定的女人，我不情愿地问："紫涵，为什么只有你这么冷静呢？"

"教官的话我可没忘，我顶多就是三发点射。好好瞄准再开枪，枪管就不会热得那么快。"

"你的意思，就是无名氏教官万岁喽？"

哎，真想念火星厨房。在那里，不用担心弹药不够，就是击针式步枪，也是想换就换。

可到了巴尔加这个破星球，我该怎么办呢？

"真是头疼，我的枪用不了了，那……"

"你去挑把喜欢的不就得了。"

"啊？"

我一脸茫然，紫涵冷淡地继续说："在外头，枪扔得到处都是啊。这里我看着，你去尸体堆里挑把喜欢的来用吧。"

"紫涵你是认真的吗？"

看来她是认真的，她坚定地说："当心那些装死的。最好先戳一戳，再查看。"

可以自己选枪，真奢侈呢。好想叹气。更不爽的是，我觉得在这个战场上，她的话总是"对"的，不管怎么说，我还是有脑子的。

"泰隆，走吧！"

"行啊，你只叫我吗？是紫涵提议的，你不叫她？"

是让我依靠紫涵吗？我刚要反对，紫涵就冷漠地打断了我："想邀请女生约会的话，香水和礼服是少不了的哟？"

"泰隆你听听。"

"明，我的朋友，你不说废话是对的。"

"对嘛。"我随口应了一声，就跟泰隆一起麻利地打了照明弹，借着光冲出地堡。气密服上也安了敌方识别信号……但我还是很怕会被误伤。我得赶紧拿枪，尽快回去。

翻开巴尔加人肮脏的尸体，我定了个大致的目标。拿些手榴弹回去吧。至于小刀，每人一把就够了。问题在于枪。那些巴尔加人握得紧紧的，看样子应该是枪吧……

"这能用吗？"

小巧？迷你？……那枪看起来跟廉价玩具似的。

"通知：这是商联制造的TUFSCM，其设计面向小型种族，内部构造和击针式步枪相同。"

"是小老鼠的枪啊。"

管制AI的说明在耳边放着，我只管把弹匣拆下来。弹药总是最匮乏的。只要还有弹药，战争就没完没了。

另外，迷你枪的子弹小，可以拿特别多。就是怕它威力小……不打一下也不知道。

一阵搜罗后，警报声又响起了。不等大脑反应过来我就动了起来。又怎么了？必须赶紧回去了。

"通知：外围阵地出现新敌人。"

果然，下一秒，管制AI就来信息了。老鼠团的大驾要光临了，迷你郊游该结束了。

我得回到地堡里继续参加老鼠全灭派对了。

迟到可不……我和泰隆正背着东西往回跑，突然，右边一声轰鸣，空气都震动了，惊得我们表情一抽。

"是地堡，那儿，地堡被炸没了？！"

"什么？"

眨眼间，外围阵地附近的好几个地堡都被炸飞了。引爆？

轰！轰！爆炸声刺激着耳膜，让人分外难受。

就在急忙往回跑时，我突然有了新发现。

"喂，泰隆，把东西扔回地堡里，得来收拾收拾地堡周边的尸体。"

"干吗？"

死老鼠们抱着那玩意呢。

"之前的大胖老鼠抱着炸药，新一拨老鼠来了就……"

"……会引发连锁爆炸？"

尸体上的炸药引爆后，一连串……全都给炸飞。别处的地堡就是这样遭了殃。

"太吓人了！"想到这里，我们脸色一变，冲回地堡。没想到，K321小队的地堡周边已经收拾得干干净净。

来接我们的只有埃尔兰多，他持枪戒备着。

"回来啦。"

"埃尔兰多，旁边的尸体呢？"

"都清理了，我可不想留着任何隐患。"

"太棒了！"我很感动，回到地堡里，阿玛利亚和紫涵把在附近收集来的炸药和手榴弹排好分类了。"辛苦了！"我边说，边麻利地把我们的战利品排开。

"我们收集的枪支也当作备用吧。小刀也是。炸药嘛……适当扔点手榴弹就行。"

我正滔滔不绝，埃尔兰多大叫着发出警告。我们都向外看去。

敌人进攻了。老鼠又来了。

我的击针式步枪太烫了，而且也摸不准还有多少弹药，就先不用它。我把捡来的枪架好，准备应战。

"这玩意能使吗？！"

埃尔兰多抱怨的没错，没人知道巴尔加人用过的枪还能不能用。但我们要消灭的对手也在用这武器。

对手是相通的。

"我说，就算枪小，发射还是能发射的吧？"

我这话跟真理沾边了，泰隆听了似乎大受感动，跟埃尔兰多不同，我的朋友喜笑颜开，乐呵呵地架起了武器。

"这是迷你枪吗？能用就行，管它什么呢。"

这话在理。

我看向暗处，果然，大胖老鼠们敏捷地冲过来了。

"鼠肉炸弹又来了！浑蛋！打！使劲打！"

我本来就讨厌老鼠，更痛恨这些抱着炸药、死也要拉我们垫背的疯子，痛恨到被他们抱一下都想死。

所以，我架好叫什么TUFSCM的迷你枪，扣下扳机。

"突、突、突"，我一连打出三发子弹。这枪跟击针式步枪不同，没有连发模式，很节约子弹，就是用着不太习惯。

要是这也能打中老鼠……哦，他们还是倒下了。

这枪不是一点毛病也没有。我还是担心一发子弹打不倒老鼠。这得看命中部位，不打中个两三发，我就很害怕。

大胖老鼠抱的炸药倒是一被打中就炸成火球。

但巴尔加老鼠的武器也是商联制造！让我们用这样的武器真是要命，但有的用就比没有强多了。这枪跟击针式步枪比真是太小了，不过管它呢。

能消灭敌人的话，什么武器我都愿意给它深情一吻。

"他妈的！看那边！又在那里搞自杀式袭击了！"

听了埃尔兰多的叫喊，我表情一抽，朝他说的方向看去……捆了炸弹的胖老鼠蹭过来了。

照明弹好像不够了，看不清状况，老是等老鼠接近了才发觉。

只能使劲打，迷你枪火力还是不够。弹药是有，但不能大面积打击的话没法把老鼠都截住。刚刚我就是在老鼠逼近时一枪灭了他们的……但还是慢了。大胖老鼠死到临头都要拉个人陪葬。

"哎？！"

气浪涌来，轰鸣响起，接着一阵地动山摇。一部分沙袋都破了，烟尘滚滚，眼前看不清楚任何东西。我抬起头，发现自己倒在地上。

我使劲动动五官，身体乍一看没有外伤，也感觉不到剧烈疼痛。总之，我可以继续战斗。这种自杀式爆炸还没有无名氏教官的温柔一脚痛。

问题是沙袋墙塌了……女人们在开枪掩护，我们男人就要干苦工了。性别歧视太不公平了！我们抱怨着，急忙垒上新沙袋补上缺口。

"最后再给我个沙袋！"

"欸！"我把准备好的沙袋递给泰隆，补修告一段落。这活太耗体力了，我还以为自己已经适应巴尔加的重力了，可沙袋抬在手上还是死沉死沉的。

"明，不好意思，我知道你刚当完苦力……但麻烦给我点弹药，击针式步枪的弹药，要用来阻挡敌军的。把剩下的都拿来吧！"

脑残泰隆，扯的什么淡，我礼貌而亲切地给他扔了个空的弹匣收纳盒。

"明你干吗！"

"你没看见吗？那是空的！"

"唉！"我们五个人都叹了口气。不得了，我们这下又团结一致了？太蠢了。

"怎么办？只剩迷你枪弹药了？！"

泰隆说的没错。

"天知道。"我耸耸肩回应道，然后先把责任推到商联身上。

"管制AI，没弹药了！他妈的想想办法！"

我并没对它抱什么希望，但我坚信，现在只有对着商联的AI才有骂骂街的机会。

所以我不觉得它会有什么回应。

要是它用商联式笑话回复我，鄙视它就完事了。难道我是想鄙视它才问的吗？

"通知：向防线输送弹药方法如下。1.无人机输送。2.直接前往据点输送。如据点正处于交战，推荐无人机输送。"

"咦？"我扣动扳机的手一顿。

等会儿等会儿，能送过来？我可没听说过。怎么回事！我要是知道，就不会专程跑到外头去捡弹药了。

"能送弹上门是吗？！"

没想到，连紫涵都激动得叫了起来。只是她太激动，喊的时候忘了叫管制AI。

可能是发觉"通知："开头的智障电子音没响起来，紫涵摇摇头，重新说道："哎呀！气死人了！管制AI！能送弹上门吗？！"

"通知：是的。是否申请无人机弹药输送？"

这种逐一确认有意义吗？难道还有说到这份上都不申请的蠢货吗？要真是有，那人怕是脑子坏了，而且，觉得会有这种蠢货的家伙也该上医院查查智商。

"管制AI，火烧眉毛了！我申请！让商联把击针式步枪子弹送过来！"

"通知：发送申请。已请求分配弹药运输无人机。"

还以为会很慢，没想到这手续还挺顺利的。我心里产生了深深的疑问，我是为了什么拿这把迷你枪的？

我刚刚只是冒了趟毫无意义的险？

"通知：支援分配相关附加信息。商联海军陆战队管制AI权限可申请火力支援。机关炮支援……"

"就现在，马上发射！"

"通知：收到。屯驻地防御机关炮开始支援。需注意辐射。"

……或许，难道我一直忽略了这个方便的制度？这样的话我也太蠢了！能用的就要用，白白不用吃了亏最傻。

"这是要全部消灭老鼠们啊。哎呀，这家伙，不得了了！"

泰隆动不动就感动了。我只是叹气。

"现在才让它起动，太晚了！呆子，笨死了。看看，我们都被打成什么样了！"

我们亲自像扎针一样用击针式步枪和迷你枪四处扫射是为了什么？

要当鼠肉炸弹的蠢货直逼过来，我们冒着生命危险扛到现在，结果是这样？这世界真是胡来。商联军也是，要是有火力支援，早早送过来不就得了？

必要时派不上用场的制度就是垃圾，商联怎么就不懂呢？无谓地增加文件手续这种事，由社会福利事务局那帮人渣来干就够了。

"司令部通知：已成功击退侵入我方领地的巴尔加敌对势力。开始重新布防！"

告一段落了。我们活下来了，商联军守住了屯驻地。至于老鼠们，都下地狱了，具体来说，就是死了。

第一次实战，这样也算成功了。我，大家，都活下来了。

"哈！"我背对沙袋喘了口气。完事了。这个巴尔加星我实在喜欢不起来,总算是告一段落了。

"你在偷什么懒呢?"

紫涵一句话,破坏了原本轻松的氛围。

接着就是当头一棒。

"现在去打扫战场。"

她说得直接,说完便一副无须回答的样子起身走了。接着,她看出来我还在发呆,咋咋舌,说道:"再去翻一遍巴尔加人的尸体,把能用的都拿了,收集起来,清楚了吗?"

"又去扒拉尸体啊?"

"你想当老鼠的早餐吗?不想的话,赶紧做该做的去。"

紫涵这话很尖锐,泰隆听了皱起眉头,一脸不乐意地耸耸肩。

之前就干过一回了,而且我真的很累……但我能理解紫涵说的……不行了。我这大脑不争气,但也知道哪个是正确的选择。

"明你没事吧?还去?"

"泰隆,抱歉。可紫涵说的绝对没错。"

我想拿些迷你枪子弹,要是还有手榴弹就太棒了。比起被扔,我更想当扔手榴弹的。

"你们两位,居然意见一致?"

泰隆那家伙嘲笑了我们一下,但他只是开个玩笑,接着就开始消化紫涵的建议。然后,他抓了个空沙袋,做好一系列去搜刮死尸的准备。

至于紫涵,她早就跑出去了。

"喂,快来!"

用不着她叫,我也跑出去了。结果其他人也跟着跑出来了。

"泰隆,怎么样?"

"哪有能用的?你瞧瞧,上面有血和呕吐物,黏黏的。"

"那就只收集手榴弹吧。能扔出去的就行,反正都一样。弹药的话还是能挑的。"

我们做的就是踢开四处横尸的死老鼠,根据需要回收弹药。沾了老鼠吐出的血的迷你枪弹匣就不管了,先把看着能用的手榴弹拿走。

"……啊!"

正在收集迷你枪子弹的阿玛利亚拿着手电筒,发出惊叫。

"怎么了,阿玛利亚?"

"你们好好看看手上的弹匣!"

"咋了?"我们往弹匣里面瞄。

"这就是普通的弹匣吧……"我们按她说的看了,阿玛利亚让我们看底部。

"什么呀?"我把弹匣翻过来,发现上面有个小小的印记。

是制造商的铭文吧,这在产品上很常见啊。如果说有什么值得注意的,就是商联的商标通通被特地画上了"×",让人看了有种难以名状的感觉。这就是当地对商联的亲切问候。

我真想把这事报告商联母国。

"臭老鼠，闲成这样，还不如去死呢。"

"就是！我们快灭了他们，让他们 RIP 吧！"

"RIP？什么意思？"

见我纳闷，泰隆就给我解答。总之，"RIP"应该是"愿死者安息"的英文。

"谢谢说明。"我回了他一句，同时给他扔了个从老鼠身上捡来的弹匣，当是谢礼。

"呀，这个好脏！"

都是从尸体上扒下来的，那个算干净了……还是太脏了吗？

"泰隆，抱歉，看来它比我想的要脏。"

"比你想的？明……你也太随便了。"

我们嘴上说着废话，手上的活可没停过。进展相当顺利，没有人装作干活却暗地里偷懒。

K321 小队的优点，或者是应当肯定之处，就是队里没有"光说不练"的低能儿。大家有多能说，就有多能干，这样的人才是能干事的。

只是要干的事都不是我们乐意的。

"通知：警告！警告！有高速飞行物体接近！"

隆隆巨响，地面晃动。我早就熟悉了这种震动，这说明，敌方炮兵又开始行动了。看来，我们以为收工了，但老鼠们还热情高涨，要再开工呢。

好一群发情死老鼠，自己玩够了去死不行吗？！

"又发动总攻？就算他们是死心眼儿，这也太烦了吧！"

老鼠们口吐脏话，开始向地堡冲来。那一刻，地面开始摇晃。打中了。我的耳朵渐渐不好使了，但还是清楚地听见熟悉的中弹声。

小畜生。只要一发子弹，我就知道打中了。

"无人机呢？击针式步枪的子弹究竟什么时候到啊？"

我跳进地堡，去找什么弹药输送无人机。它没有一点踪迹，如何给我们补给呢？

"鬼知道！怕是以后供在我们的墓前吧。"

"别说了，阿玛利亚。我们越是害怕，破事就越会成真。"

这聊天聊得挺幽默，没有比这更酷的了。我嘛，不在乎形象，只想在地堡里慢慢发呆。

我们姑且也从周边收集了迷你枪、手榴弹什么的……可最重要的击针式步枪弹药在哪呢？

"喂，管制AI，搞得怎么样了？！"

"通知：宾语不明确。"

真是驴唇不对马嘴。我很无奈，混着积累的焦躁，我一拳打在沙袋上，大喊一声："你个蠢货！管制AI！我问你子弹！击针式步枪的子弹还没到吗？！"

"通知：弹药输送无人机正在分配中。现状，无人机处理能力已饱和。预计稍后才能重新分配。是否显示过程详细信息？"

又是这段，从刚才开始就没变过，我都听腻了。就算再问它无人机的事，它应该还是这样回答。

刚刚打那一拳沙袋，手都弄疼了，我也真傻。

枪声持续不停，中间还响了几次像是手榴弹的爆炸声。眼下战况激烈，管制 AI 净提些没用的建议，跟它对话就是浪费时间。

要弹药的话，只能到巴尔加死老鼠身上扒了。

"只能就地取材了。商联，真是……"

我就是跟自己发发牢骚，没想到，有人回应了。

"这就是个烂系统。总之，什么商联的系统……没有人会把这种货色当回事。说是'联'，就是个称呼，全都是东拼西凑的。"

紫涵抬头望天，嫌弃地吐槽了一句。这话里满含诅咒，但她说得太对了。

商联的系统，要紧的时候就不好好运作了。有谁料到呢？商联把"意外事件"清除得太干净了吧。

不然，我们为什么会在本该安全的巴尔加星上遭老鼠狂潮袭击？老鼠不断涌出来，这种精神折磨太难受了。

"受不了了，用多用途导弹吧，把老鼠都灭了！"

"那个要留到要紧的时候。"

紫涵冷淡地摇头，否决了我的想法。她说的也有道理，刚刚要用榴弹的时候我也提出过同样的意见。

物资都是有限的。

只能一点点紧着用，但还是用一点少一点。

"这样啊，那怎么办？"

"不是有TUFSCM和子弹嘛，别用击针式步枪了。"

"该死，那玩意不好用啊……"

我实在是不喜欢迷你枪，击针式步枪才是我的最爱，连发时枪声好听极了，就像连续穿刺的长矛摩擦空气发出的声响。但为什么手上用的全是替代品！絮絮叨叨地埋怨一番后，我还是重新架好迷你枪。

"给我子弹！"

"欸！"泰隆把子弹递给我……他是在报复吗？

"这上面是巴尔加老鼠血吗？滑滑的……"

那上面沾了血，感觉用不了了。

"擦擦呗！能发射不就得了。"

"有布吗？"

"不是有沙袋吗，用那个擦！"

我觉得他就是在开玩笑，但还是死马当作活马医，用沙袋袋子擦了擦弹匣。也不知道这是什么做的，居然吸污力特强，性能好得出乎意料。

"这个还挺万能的。"

这沙袋又能挡枪子，还能当抹布，而且还好用，构造又简单，不会出故障。这怕是商联产品里最结实的。

"通知：第二次支援火力分配信息，商联海军陆战队管制AI权限可申请火力支援，机关炮支援……"

"管制AI，马上需要。马上给我打！"

阿玛利亚和管制AI的对话和刚刚一句不差，像是预先安排好的,管制 AI 只短短回了句"收到"。管制 AI 迅速通过了机关炮支援申请,和刚刚简直判若两机……如我们所愿,大口径机关炮像是要炫耀活力一样开始向老鼠们射击。

不用说,老鼠们都成肉渣了。我们断断续续地打了些照明弹,借着光看到满眼老鼠尸体。机关炮打倒并撕碎了无数老鼠,真想对它大喊三声"万岁"。

"哇,到最后还是用机关炮一扫而净吗?……那早点给我开炮啊!"

泰隆从掩体里抬起头来抱怨着。就是!机关炮就能把老鼠们收拾得差不多了。就算我们觉得用枪打也不是完全没意义,但眼下这场面不正说明我专门用沙袋擦沾血的弹匣是白干嘛。不过,像此时激动的泰隆和虚脱的我这样动感情似乎太蠢了。

"泰隆,明,我劝你们还是低着头的好,还有炮弹往这边飞呢。"

紫涵冷冷地朝我们说了一句,把我们胜利的美酒一脚踢翻。我们连一点微醺的感觉都没有了。正高兴呢,泼什么冷水呀!

"这收拾老鼠的场面就让我欣赏欣赏呗,我可是被这胡来的叫早服务吵醒了!"

"被老鼠的流弹打中受伤,那像话吗?"

……好好好,我投降。泰隆也深表理解地点点头,但他好像还想说几句。

"喂，阿玛利亚，打赢了就让我高兴高兴呗，咱们一块儿喝一杯。"

他这话倒也没说错。我也是能高兴起来的。没什么比看着老鼠去死更棒了。事后清场确实麻烦……但那是灭鼠工作的成果，我还是乐意去烧老鼠尸体的。

"就算没有啤酒，来杯茶也好呀！"

"那你去波士顿湾吧。你祖宗往那儿倒了茶，现在估计还剩着呢。"

唔，这就是英美间的交流吧。要是打情骂俏，拜托他俩还是关起门来闹吧。

"……哎？……那是增援我们来了？"

"啊？增援？哪里？"

"在那儿，那不是商联的吗？"

泰隆叹了口气，指给我们看。

"什么？什么是商联的？"我伸出头张望。

"啊啊！"我叫了起来。那玩意好像昨天也见过，是商联军陆上安保作战用多用途多足战车 TUF-MAGAK。

现在才来？当然，它来了，我只能感激不尽，现在可不是抱怨的时候。

"多足战车？怎么现在才来？"

我刚问出口，就得到了答案。

阵地上机关炮的射击声打消了我的疑问。

"该死！喂！为什么？机关炮打了它？那不是商联本地

军队的多足战车吗?"

我一下子语无伦次起来……就觉得哪里不对。完了,我好像搞错了。

机关炮刚才还在横扫地上的老鼠,这下又对着多足战车一个劲儿地猛射。这是为什么?

只见多足战车轻轻一跃,避开了炮弹。我惊呆了。

干吗?怎么……

下一秒,我更是大吃一惊。

多足战车就跟怪物似的,一点都不在意机关炮的猛烈射击,这下机关炮不顶用了。多足战车稳稳当当地直奔我们来。

"欸?……怎么,这家伙怎么朝这边来了?"

埃尔兰多脸色发青地问道。我也有同样的疑问。

"这很简单,埃尔兰多。"紫涵一脸疲倦地笑笑说,"那是巴尔加本地军队的装备。里面坐着的应该也是本地人。巴尔加老鼠向狗进化不是必然的结果吗?"

那个漆黑的商联军陆上安保作战用多用途多足战车 TUF-MAGAK 把锃亮的主炮对着我们。

接着就是一声巨响。那是大口径火炮的发射声。然后就是击中声和震动。不知道是榴弹还是什么其他弹种,反正击中声一响,就传来了剧烈的爆炸声,我不会听错。

刚刚还在连续射击的机关炮没声了。

我没有想错,我们的地堡没了。被打了一炮就没了?还真是,只一炮,我们唯一的依靠就没了。

"不得了啊。不愧是商联制造的 105MM 炮。听说它有'同时代陆战装备中少有的强火力',果真名不虚传……应该说商联童叟无欺吗?"

紫涵冷冷地说着,她似乎很佩服。但要我说,她的重点错得离谱。那炮打的可是我们!

"……所以呢?主炮对准的是我们吧?"

"我说过,开炮的是本地军队……就是会这样啊!"

满脸疲倦的紫涵还在笑。我总感觉她平时有点装,怪怪的,但现在总算像个人了。

真让人感动。真是的,关我屁事。

"喂,"我说,"我要用大宝贝喽,那个多用途导弹,我用它灭了他们吧!"

"好!"泰隆赞成,接着问了个有建设性的问题,"朝哪儿打?"

我哪知道啊!但还是问问专家的意见吧。

"管制 AI,来点战术建议。"

"通知:TUF-MAGAK 是商联里性价比最优的多足战车,可用于市区、山区等地,可有力抵御步兵使用的所有火器。就连联盟军也希望购入专利。"

废话和广告就算了,要自夸也先给我回答问题!

"喂,管制 AI,打这个装备最有效的方法是什么?"

"通知:推荐向其脚部集中发射多用途导弹。让它翻倒或许可以将它摧毁。"

"噢。"真感动,我好像问出了有用的答案。一旁有人插嘴说:"管制 AI,要是打驾驶舱呢?"

"通知:有间隙装甲。请准备串联弹头破甲弹。"

"不行,"紫涵皱起眉,继续跟管制 AI 说,"管制 AI,我要申请。让弹药输送无人机准备串联弹头破甲弹。"

"通知:库存列表中无串联弹头破甲弹。"

"啊!"紫涵摇摇头,没法冷静了。"想想办法!我求你了!"她声音颤抖着,那样子,我看不下去了。

"紫涵,算了。不能强求。反正弹药输送无人机是永远都不会来的。"

"……我知道,"紫涵笑了笑,继续说,"但还是得要弹药啊!"

"就算是打它的脚部,要它翻倒至少要打半边的三四条腿,每打一辆,就得用十发导弹。"

"没错。"我也点点头。今天一直提心吊胆,就怕没子弹了。我也知道,紫涵是舍不得用,或者说她下不了决心用多用途导弹,毕竟那是宝贝。

那也是最沉的,一箱十发,我们就带了五箱。

该死的帕普金,这种情况,他就应该让我们多拿一些!

"多足战车呢?"

"有一组两架……不对不对,有两组。"

阿玛利亚和埃尔兰多数了一下,敌方只有四架多足战车。哼,怎么着我们也能灭了它们,这下我可放心了。

"我们的导弹勉强够用。"

不过,这目标不好瞄准。那些可不是射击游戏的靶子任我们打。到底哪边完蛋还说不准呢。

总共有四架,还是四台?量词就不管了,要命的敌人来了。我们有五十发多用途导弹呢……只有五十发。

刚刚打了十发,一箱榴弹眨眼就没了。弹药就是这样,看着还有,一下就没了。这回不能胡来,得看准了机会再打。

比如说……对了,比如说从侧面猛打,那就最好了,而且要趁着多足战车攻击其他"快餐"友军的地堡那会儿。

要是能做好安排,从背后踹飞大意的敌人,我们的胜算就更大了。但如果这些多足战车一条直线地就冲我们来,那就得下定决心,全弹齐发了……不管怎么打,时机就是生机。

我全神贯注地盯着敌人的动作,好瞄准目标,就等着它们侧面朝着我们的那一刻。我原本应只看着敌人,但还是发现隔壁的埃尔兰多动了动。

我稍稍转移视线,埃尔兰多没什么异常,其他也一切正常。不对,不是吧?好像有什么大问题……我凝神一听,整个人都僵住了。

"不是吧?"

"是啊,明。"

"这下难办了。"

"怎么了?"阿玛利亚问。我代埃尔兰多回答:"你听声响,这声响不对,你仔细听!"

阿玛利亚呆呆地,像是打仗打傻了,还是她本来就这样?总之她反应挺迟钝的。

一时,大家安静得可怕。"听完了?"我扬扬手,告诉大家状况不妙了,"也不知道为什么,枪声停了。"

"停了?……停了?!"

"搞什么!"管制 AI 听到了这些牢骚,可能以为我们在问它,直接就回答了:

"通知:子弹已尽。详细情况,友军平均弹药余量为3%。"

"啥玩意?"

为什么,这是在闹哪样呢?我嚷嚷起来:"弹药不就在那儿扔着吗?!去捡啊……他妈的!智障!"

这真是气死人了!不会又是那个原因吧?唉,其他原因也说不通啊。

首先,看刚刚的"整队"就知道记忆转移装置的害处了。教育不全面,行为就一边倒,说到底他们就是蠢到家了。

"他们压根就想不到去收集'击针式步枪'子弹以外的弹药吗?!"

这就是僵化的记忆转移装置的一大害处。那些家伙,就连整队都没法独立思考,更别指望他们会自己想出到敌人尸体上拿弹药的主意了。还是说……商联觉得用不着让那些一次性"快餐"有脑子?

哼,大家都闹着要子弹,弹药输送无人机当然不够用了!每个人都哭着要子弹,谁都没想到去捡,不就是这种局面了吗？！"

"阵脚乱了！"

我骂了一句，可我还是低估了他们，那些精神崩溃的家伙，干出来的蠢事真是吓人。我敢肯定，他们要不就认怂逃跑，要不就犯蠢，破罐子破摔地把剩下的子弹乱打一通……

突然有面旗子竖起来了。

"……旗子？那些浑蛋，脑子都是摆设吗？"

他们是要投降吗？我看不明白，那帮鳄鱼脸好像在求饶，老鼠的多足战车把主炮对着他们，定住了。

算是投降者们的意外惊喜吧，但也就持续了那一下。那帮蠢货还以为得救了，欢呼起来，结果一群老鼠出现了，像是恭候已久，脸上带着嘲弄的神色。

老鼠们手持迷你枪，眼里是阴暗的恶意。

接下来的事，不用想都知道。迷你枪对准了那些求饶的胆小鬼，投降者们阵脚大乱，东逃西窜，可老鼠们逼得太紧，他们逃不掉了。

"砰！砰！砰！"尖厉的枪声响彻战场，顿时尸横遍野。死老鼠们还固执地对着鳄鱼尸体射击。

"一个活口都没留啊。"

泰隆说得对。我来好好问问想去跨文化交流的同伴吧。

"巴尔加老鼠多友善啊。怎么样，阿玛利亚，你不是想去交流吗？机会难得呀，去跟他们交流一下呗。"

"跨文化交流等我先保住小命再说。"

我挠了挠下巴,苦笑了一下。说的也是,活下来才能交流。

"那动手吗?"

泰隆面露微笑,我点点头。

"动手啊!现在多足战车只顾着没胆鳄鱼,正是好机会。我要发射了啊!"

多用途导弹的发射瞄准特别简单。把它架在发射器上,卸下弹头的安全装置,选定光学识别目标,然后导弹就自动发射了。

发射声高亢,导弹迅猛飞出……就在多足战车面前炸开了。

"喂?!搞什么啊?!"

"通知:确定敌方主动防御系统已启动。推荐饱和攻击。"解说的是体贴的管制AI。

"……是要一起发射吗?早说不就完了。"

紫涵语气很差,但我们五个人还是一起发射了。应该没有下次了吧。

就按管制AI说的,我们来了一次饱和攻击。这下总能打中吧……结果多足战车一下就颠覆了我的想象。

多足战车的卖点就是灵活且应变力强,那是一般的八足机械在无限轨道上做不到的。那话怎么说的来着?……看来,我之前真应该认真想想,商联式广告语到底是什么意思。

多足战车是"跳着"躲开了我们的导弹,看得我都要惊掉了下巴。"不是吧!"就在我正嘟囔的这会儿,它避开了三发导弹，有两发躲不开的，就被主动防御系统击落了。

我们对着一架集中攻击，结果就是这样？开什么玩笑！在我们目瞪口呆时，多足战车志得意满，把主炮对准了我们。

突然……那玩意儿突然就炸了。

"通知：友军开始支援攻击／消息，'发射！发射！'"

大量的多用途导弹连着发射声划过天空，趁其不备，从侧面攻击了对着我们的多足战车。

看来，从侧面去攻击的主意不止我们想到了。真是为我们干了件好事。刚刚是用我们转移敌人视线吗？真是好想法啊。

"喂，那是哪儿来的？"

"通知：识别码为商联海军陆战队。战术单位为海军远征军第二方面军轨道空降第十四团第三大队α中队。"

海军陆战队？……是商联的军队。原来我方还是有点正规军的。

打从一开始就不惜海军陆战队的兵力，真棒，真不像商联的作风。他们不停地发射多用途导弹，像是要一举制胜，看上去混乱，但其实都是计算好的。

正躲避导弹的多足战车"嗖"地刚一落地，就有几发导弹猛打过去。腿炸了，战车的身体砸在了地上。

"好！打得好！"

一架多足战车轰然倒地，它的下场很简单，就是随即被炸毁。

这样一来，敌人就只剩两架多足战车了。当然，怎么能放它们横行霸道呢？我大叫一声："我们也打！"

从结果来看，我们就是各打各的，一波攻击，乱七八糟。

不过，我和……商联狗们还是干得不错的。我们没有特意搞什么合作协调攻击，甚至还要把对方当成诱饵……多足战车估计也懵了，不知道打哪边好。攻击乱糟糟的，却又刚好联动起来，把对着我们的四架多足战车全灭了。

恶心的章鱼腿倒在了地上，那画面看着真开心。

有猛烈攻击驾驶舱的，有引爆弹药的，反正就是打法不一，不过结果是一样的，就是要把有害设备都摧毁。

打倒了四架多足战车的代价就是……弹药耗尽。听管制AI说，海军陆战队的多用途导弹已经彻底用完了。

我们也好不到哪儿去，同病相怜吧。

刚刚猛打一通，现在大概只剩二十发导弹。打是不想打了，但再来个一架，最多两架我们也得收工了。

天快亮了，太阳出来了，可烦人的浑蛋也跟着出来。持续不断的炮弹声里时不时还有"咻咻"的奇怪着陆声，真烦人。

那是多足战车在"嗖嗖"地跳着发出的脚步声，太可气了。那些没法安静走路的浑蛋又来了。

"哟，新客人又来了。看，又有两台。"

刚刚还是一片狼藉，这会儿就有新客人驾到了。最能打的商联海军陆战队好像也火力不足了。多足战车直逼我们而来，防线也被扯了个大口子。

"完了,这下完了……"

防御线一个劲地崩溃,只有几个地堡还勉强幸存。可战车一发炮,或者用那巨腿一踩,地堡就扛不住了。

防御线本来就千疮百孔,这下彻底完蛋了。敌人早就看准我方前线军心不稳了吧。

没想到上头反应还挺快的。

"通知:紧急命令。司令部命令,全体战斗部队听令,到第二防御线集合!重复一次。到第二防御线集合!"

怎么办呢?

"原地不动?"

阿玛利亚最先开口,看来她也有同样的疑问。问的时候,她一脸怀疑,好像觉得司令部是在胡闹。

我们难道就为了反对商联,死守在这里?怎么可能。

"撤吧。我们没有理由要独自守在这里。"

埃尔兰多说的符合常理,也符合我的常理。"但是,"我看着背后的多足战车问道,"那个多足战车怎么办?"

"先把它打倒!跟踪狂可不能留。"

泰隆的话也有道理。

人在逃跑的时候还要被追着……我正想着,突然瞧见了海军陆战队在捡老鼠尸体上的炸药和手榴弹。

"咦?海军陆战队的人收集手榴弹是要干吗?"

"鬼才知道。"我和泰隆都觉得神奇。这时,埃尔兰多好像明白了,一拍手:"白刃战……他们要跟敌人肉搏!不是吧！他们就用那些攻打多足战车？"

他们这么有斗志，真是意外。都这时候了，他们还想拿那些装备去打？这毅力，我喜欢。

"那怎么办？交给他们，咱们撤？"

"不，我们也干，动手！"

"明，算了吧，这种时候当出头鸟会被打的。"

"埃尔兰多，你傻啊？"

这种读死书的就是这样，烦死了。他好像什么都不懂，我戳戳他，直接跟他摆道理："你要把后背留给不认识的人吗？除了自己的能力，还有什么可信的？"

对别人期待过高可不是什么好事。更何况是把小命托付给面都没见过几回的人呢？这不离谱吗？敢托付的人……怕是脑子坏掉了。

而且，能干的时候就干，这是理所当然的。

没想到，听了我的话，最先同意的是阿玛利亚。

"明的话是话糙理不糙。比起海军陆战队完蛋了之后我们单干，现在用他们转移敌人火力，我们攻其不备的胜算更大……动手吧。"

"对啊。埃尔兰多，别不痛快啊。"

"……OK，我懂了，动手吧。"

里美尔觉得目前的状况不是糟透了，就是快要糟透了。

商联的管制AI让他"保护滞留国民"，简直是一通屁话，他的任务原本就是保护该死的特使阁下。

要是没有进攻市区的命令，只是个外交使节护卫任务的话还好。

当然，要是连特使也没有，里美尔也用不着踏上巴尔加这块破地上，就不会发生后面的事了。

最精彩的来了，状况在加速恶化中。

"α中队报告！已击退第一批多足战车。但珍贵的多用途导弹已耗尽。另外，已有一部分'快餐'因弹药耗尽开始投降。"

"收到。"里美尔听了属下的报告，点点头，心里疯狂咒骂着敌方的装甲部队。

一看就知道防线还在崩溃。最要命的地方被撕开了，也意味着防线要崩溃了。

就连海军陆战队，这最后的预备队也全投进去了。里美尔已经采取应急措施，让他们把断点补起来，可稍稍拉起防线就已耗费了全部精力。完蛋是早晚的事。

最糟的，还是那些撑场面的太不经打了。里美尔看属下的脸色就知道情况不妙。

"武官，情况有更新。还是快撑不住了。'快餐'之前还能打一下，但多足战车在，他们脑子就都被吓坏了。"

"能给他们点激励吗？"

"很困难。况且是让他们空手打装甲部队……毕竟这种局面，连我们海军陆战队看了都要骂人。"

海军陆战队就是收拾尿布的，耐心地收拾别人乱丢的擦屁股纸，埋起来，再沾着大便战斗到底。

"辛苦了……呵，重型装备几乎都没拿，真难搞。"

"要是屯驻地有库存就好了……"

属下说的也是个永恒的烦恼。以商联的生产力和财力，弹药费不算什么钱。只要有弹药，商联军就可以打个不停。

但目前的问题是，长期慢性弹药不足。

原因是？

很简单。库存就是个幻想概念，里美尔耸耸肩，对属下笑笑说："财务氏族给咱们管着经费呢，没办法了！"

军队成立以来就是问题重重。司法氏族定下荒谬的交战规则！财务氏族只顾自己方便，小气得可怕！外交氏族总是精致利己！商联军最大的敌人就是自己人。在军事氏族看来，那些家伙说的漂亮话只是玩笑罢了。

里美尔刚才还在发愁，不知道该怎么办，突然就来了坏消息，说是形势有变。通信兵向里美尔跑来，看他的脸色，里美尔就知道不是好消息。

"太空港沦陷了。"

"哦。"里美尔格外平静，点点头。

"我早就知道了。抵抗只是形式上的。应该是敌方增援部队腾出手,打过来了吧。"

里美尔叹了口气。

"防线必须重新巩固了。总之,要恢复'快餐'的战力,让他们到那些碉堡地堡里,应该就可以再打了吧?"

"没有时间犹豫了。可'快餐'的斗志、战术都……"

"装样子也没关系。枪能打就行。好了,这个时候就别抱怨了。"

"弹药也不够了。"属下哭丧着脸继续说。里美尔听了也只能皱一下眉,不行,不能皱眉,他得摆手掩饰过去……可装也是有限度的。

就算是在金融业,信用创造也不是从零开始。

又不是骗子、炼金术士,怎么能无中生有呢?

"还有补充吗?"里美尔这一问,又得到了一连串的坏消息作为回答。他最怕听到补给军官报出弹药余量、恳求支援时发颤的声音。

没弹药了,就是说怎么也打不下去了。

"要是空天飞机可以通过……要是能炸毁敌方炮兵阵地……各个阵地是能联系起来的,可是……"

里美尔听了补给军官的话也沉默地点点头。

这些愿望都是合理的,大家也都这么希望,只不过没说出口而已。

里美尔忍不住认真地胡思乱想起来,干脆轨道炮击吧,把敌人灭个干净。但那是道德禁止的,商联不可能批准。

……拜道德所赐,前线作战部队吃尽了苦头。说不定他们得在这里英勇战死了。没天理!不公平!战斗道德规范是什么垃圾?

把愤怒强压在心里,里美尔端出一副冷静认真的样子:"看来,得跟司令部进行协商,我来安排吧。"

说完,里美尔又回到自己的单间。

传统的指挥官单间都是隔音房,还配有远程通信设备……里美尔终于明白这种配置的真正用意了,他嗤笑一声,拿起话筒。

那无非是为眼下这种情况准备的。

"我们被一大堆商联制造的武器攻击了!我早就警告过了!赶紧用轨道炮击什么的清剿敌人吧!"

"武官,不可以。仅在符合道德规范的情况下方可对市区进行轨道炮击。你作为当地指挥官,请向商联表明轨道炮击并不违法。"

里美尔本身熟知市区战 ROE 规范。搞政治的混账总是提醒军队,伤及"非战斗人员"就得按规定赔款受罚。

只有全面战争时才能对市区进行轨道炮击,所以,商联海军陆战队总在陆上背黑锅。哪怕不符合实际,法律条文就是一切。

"你说道德规范?就是让我们最后道德地去死了?!"

这些话不能让属下听到。给指挥官分配单间,是想让他们"毫无顾虑地直接交流"吧。

这该叫帮倒忙还是帮大忙呢？管它呢，这么糟糕的情况，谁来都只能仰天长啸。无论上头怎么想，"他们"为了自己的道德而让前线的去送死，里美尔听了就一肚子气。

他们想手脚干净没有问题，但这就要我们用命来成全他们吗？就因为我们的命不值钱？

"警告：所有的相关言论都会被记录。《商联军道德宪章》规定，非正规发言及过激粗暴话语都会被谴责，或按照其他军法受到处罚……"

"闭嘴！管制AI！"

里美尔一下子把管制AI终端踹飞了，看得出全部怒气都集中在了这一脚上。

"舰队司令部，给我数据！敌方重炮阵地的所有数据！要打也行，要制定战略也好，总得要数据吧！"

"收到。"

"哼，"里美尔言归正传，"除了特使，其他部队的撤离路线商讨得怎么样了？"

"太空港无法使用，只能乘坐穿梭机撤离。确保降落区域安全后，我们会以穿梭机带回特使。祝你成功。"

这就想结束通话了？这通讯员也是……算了，他也是明哲保身，他的话摆明了就是不想惹麻烦。

可里美尔用不着猜他的心思，直接提出要求："等等。"

"……是，武官。怎么了？还有其他事吗？"

"有办法从舰队空降士兵吗？从穿梭机空降海军陆战队队员什么的，应该有好几种方法。"

说实在的，当前地面部队有大半配的是仪仗装备。里美尔太渴望正规战备了，他不在乎来的是什么兵，快餐兵也无所谓，只要是武装兵力他就谢天谢地了。

总之，他要人和弹药，都是战争必备的。

"可是……没有装备。最要紧的空降舱也……"

舰队司令部不是抱怨就是胡扯，里美尔听得快急死了，他立马打断对方："这我知道！"

没有正规装备的事，就是舰队司令长官自己告诉里美尔的。就算舰队忘了，地面部队全指望着正规装备救命，哪里能忘。

里美尔深呼吸一下，说出自己的想法。

"能空降吗？"

"空、空降？都说了，轨道空降不……"

怎么跟"快餐"一样蠢！这死脑筋的司令部是理解不了吗？里美尔气得发昏。他们的脑子都是干什么用的？！

"不是用轨道。是空降，用飞机、降落伞空降！用穿梭机应该也行，什么都行，给我们增援补给！"

虽然是土办法，让士兵背着降落伞空降，但也是值得尝试的。让一次性"快餐"杀入敌人阵地也是有先例的，海军陆战队应该也能模仿一下。这就是本职工作，"快餐"们能做到的，他们不可能做不到。

穿梭机冲过大气层就可以了，这样即便不是装甲穿梭机也问题不大……只要有制宙权就行。

用网筐空降就太糟了，应该可以直接从穿梭机跳伞空降。

"怎么样？"里美尔催问……可舰队司令部的回复非常冷淡。

"关于你的建议我们会研究并商讨。"

"商讨？"

"是的。现在需召集相关部门进行商讨。"

就连舰队司令部都染上了典礼氏族的官僚主义之毒。这干巴巴的官僚式答复，没有一点要负责任的意思。

在战场前开商讨会？脑子进水了？已经指望不上了。里美尔看透了。

舰队司令部的厌货是不会去冒险的，总之，对他们提再多的要求也只是在浪费时间。

他们在安全地带，我们在危险地带，不冒险的话就等着全军覆没了。上头爱理不理的，真是气人。他们信奉多一事不如少一事，低估不做决断的风险，都是些目光短浅的智障。

"这样啊，那就没办法了，你们商讨去吧！"

"对了，"里美尔武官像是想起了什么，补充说，"你们能赶在我们全军覆没之前想出答案就太好了。要是在我们全死了之后才想出来，请让舰队吸取我们的教训，必须常备空降舱。"

说完，里美尔摔下话筒，咆哮一声："……去你妈的！"

多足战车，多足战车，多足战车！

都怪这些破烂，阵地防御战都打得稀碎，连配合着迎击敌人都办不到。本来火力就无法与敌人抗衡，还碰上多足战车？什么破事啊！

"警告：第二防线正在瓦解。由于一对多足战车攻入我方阵地……有修正事项。"

"什么？"

"修正：敌方多足战车已被击毁。"

"噢！"他把手一拍，"好啊！干得好！白刃肉搏成功了！"

里美尔知道，他的命令是强人所难。可居然成功了……太好了。他能借此说明牺牲是有意义的，给自己脱罪，更重要的是，这战果给军队赢得了时间。里美尔甚至觉得这是意外惊喜。

里美尔心里夹杂着喜悦和罪恶感，他想到日后授勋，便问管制 AI 详情：

"是哪个海军陆战队队员击毁的？牺牲了多少兵力？"

"通知：否定。"

"什么？"

里美尔没听懂，立马反问道。

"通知：是泛星系通商联合护航委员会指定行星原住智慧种族管理局选定业务承接机构——联合国及总督府高级专员事务所联合认证机构认证的特殊太空安保产业泛人类小队

K321 的战果。无牺牲。"

"说什么？……是'快餐'干的？管制 AI，你是在开玩笑吗？"

可能是自己太累了吧，里美尔觉得听到了笑话。

没想到管制 AI 都会开玩笑了。还是说自己听错了？

"通知：重复。否定。是泛星系通商联合护航委员会指定行星原住智慧种族管理局选定业务承接机构——联合国及总督府高级专员事务所联合认证机构认证的特殊太空安保产业泛人类小队 K321 的战果。无牺牲。"

没听错。虽然很难相信……如果是真的，那里美尔就是听到了前所未有的痛快事。

"……快餐？战果？那可不得了！"

那帮代替仪仗兵充场面的废物里居然混着能打的？这就跟全额收回烂账一样让人感动。

里美尔是个军人，但毕竟出身于商联，他很清楚，意外之财、不义之财宝贵又可怕。俗话说，不义之财无久享。

不过……里美尔想，那也没办法了。有个想法掠过他的脑海……被逼急时就得赌一把。

反正没有退路了。

不试一下的话，就只能坐以待毙。怎么收场，军事氏族会商讨的，但到了那时候我自己十有八九已经躺在尸体袋里了。有什么能做的，就先准备着吧。里美尔感觉脑子要转不动了，只能想出这些来。

下定决心，里美尔让管制 AI 接通线路，他要跟快餐小队，就是所谓的 K321 烧鸟们通话。

"K321 小队，请应答！"

通话请求突然来了。这会儿，我们刚打完多足战车，正拼命往伪战壕防线，也就是所谓的"第二防线"撤退。

破天荒第一次啊，这声音……不是管制 AI 的，不是合成电子音，是自然的斯里兰卡语。在战场上被这样的声音点名，这还是第一回。

该怎么回答？我们还在犹豫，那边好像等不及了，开始粗声粗气地吼："是 K321 小队吗？听到了吗？赶紧应答！重复一次，赶紧……"

叫我们应答，那就应答吧。

"听到了，你哪位？"

"哎，"对方满足地叹了口气，"我是商联海军陆战队武官，指挥官里美尔。管制 AI，给他们看识别码。"

话音刚落，管制 AI 就显示了收到的电子认证系统，开始详细解说起来。

"通知：确认指挥系统。这是驻巴尔加地面部队指挥官，军事氏族的里美尔武官，是经认证的指挥官，具有命令权。"

就是说，呃，他是出发前对我们宣读檄文的那个狗头军人？我不太懂……不过，他是个高官吧。

"那个，里美尔武官找我们干吗？"

"先不说措辞，你问得太直接了吧？快……哎呀，不对，烧鸟是吧？你们是取得战果的专业军人，我以专业军人的身份向你们致敬。各位，有工作交给你们。这次不限形式。掩饰也不是办法，我就直说吧，我们就要输了。"

这话几乎是里美尔武官从牙缝里挤出来的。

一听这句话，刚刚一直不说话、任我回答的紫涵插话了："要输了？你这话太离谱了。"

"我不能掩饰和撒谎，还是你想听什么全面胜利就在眼前……要我吹牛？外交氏族怎么样我不管，吹牛可不是我们海军陆战队的风格。"

听他的语气……不行，判断不出来，毕竟我不清楚对方的表情。要是有视频显示，就能看到对方的脸。

啊呀，不对，还是不行，我看不懂狗的表情，这下难办了。我使劲发挥想象力，琢磨那狗形人话里的玄机……可是完全搞不懂。

我们已经准备好接受命令了，那个叫里美尔的武官继续平静地说："再说工作，我就不绕弯子了，目前情况不断恶化……输是迟早的事。只在屯驻地建起防线保护特使、他的手下和平民，我们就肯定完蛋。我们需要'行动'起来。"

里美尔武官说着，好像要嗤笑一下。隔着无线通信设备，我看不到他的表情，但也能稍稍感受到他的情绪。

"总之,现实情况……非常,唔,非常严峻!"

他声音发颤,听起来不像撒谎。好,这下我有点懂了。真没想到,这个商联的武官……还挺诚实。

"问题在于我们不是守住了这里,而是被困在这里。你们也感觉到了,我们被完全包围了。被多足战车包围确实是个问题,但最要命的还是敌方炮兵阵地。"

"所以,"武官下结论了,"地面部队不清剿敌方炮兵阵地,就没法接收太空支援,穿梭机等联络运输工具来不了,我们再勇猛也迟早要完蛋。"

他这语气,好像我们什么都不知道似的。我不想说话,得击溃敌方炮兵这事我懂,但关键是反驳有用吗?

"好,"里美尔武官很满意,继续说道,"我会向K321派出一台步兵战车。到敌方炮兵阵地去,给我使劲吓唬他们!"

"可是!""什么!"不停有人插嘴,就连埃尔兰多都忍不住大声反驳里美尔武官的话。

"等等!我们就五个人,你让我们横穿敌方阵地?"

"我没让你们把敌人灭干净。就是去敌方炮兵阵地搞搞破坏,那样就够了。"

他是不听人说话吗?完全在自说自话。

还有,这也……太着急了吧?里美尔武官自顾自地继续说个不停:"你们能减轻我一点点压力就太完美了。幸运的是,敌人虽然有炮兵,但数量本身不多,毕竟他们用的几乎全是商联制造的陆战装备。"

"哦。"

听我们反应平静，武官大人似乎察觉到了什么惊天大事。可能是觉得自己的解释不到位，他又说"我说明一下"，接着，他语速稍快地挑重点大致解释了一下。

"……商联制造陆战装备甚至可以全自动化，这也成了它的卖点，就是普通人也能使用。"

"就是按个按钮就不用管啦？"

"限制也是有的，但你说的很对。就是靠这种装备，巴尔加人只要有几个外行炮兵就能轻易地炮轰我们。也就是说，敌人应该没有那么多。"

这样啊，那我们也建个全自动步兵部队替我们空降着陆不就好了……我在乱想些什么，太荒谬了。

让枪自己长腿，替烧鸟或其他种族的步兵走两步？

可阿玛利亚没我想象力丰富，她好像在想什么别的。

"那装甲车也是全自动的吗？"

"正是。还有问题吗？没有了就快去让敌方重型炮消停一阵，总之，要尽量给敌人施压，打打游击什么的。"

他说得很清楚，可他自己也知道我们被包围了，他是要我们就靠一台步兵装甲车想办法突围吗？

他脑子进水了？想是这么想，但我还是文明地、用礼貌用语向他提问："您知道的，这里有无数的老鼠。我们应该如何突围呢？"

"那个就随你们的便吧，他们攻势不稳，你们就突围。"

先不说多足战车,巴尔加人的步兵嘛,用装甲车碾死就好了。"

里美尔这条狗,他现在究竟是什么表情呢?听他的语气,我只感觉他很认真。

"我不是要你们做无谓的清剿。在我眼里,你们不是'快餐',你们是'士兵'。我只不过是对属下提出合理的要求。"

"您是叫我们动手?"

他回应了一声"正是!"。完了,不是吧。

"各位烧鸟,祝你们胜利!"

CHAPTER 4

第四章
行凶

需要乃发明之母。

"能干"和"真干"之间,差了十万八千里。真干,就跟打开潘多拉魔盒一样。我们翻过了这十万八千里,是立了"功",还是犯了"罪"?

按我的经验来说,能否好好看清状况,事关生死。

我先简单概括一下现状吧。周围老鼠堆积成山,而且是全副武装的老鼠……他们胡乱猛攻过来,都成了我任意射杀的靶子,真好。

火星演习场上,我们K321小队总是被"击溃"的一方……可实战时,我们大翻身了,也没怎么受累,就是简单打打老鼠。

再钻进给我们配的步兵战车，坐车打仗，怎么说呢……这活可太轻松了。隔着各种监视装置和装甲，一有老鼠打过来，就让他吃一发机关炮。我们要做的很简单，就是量产鼠肉酱。

一开始我还挺兴奋的，享受打倒、击垮敌人的快感。唉，可惜就算打得再爽，一下子也就打腻了。腻得太快了。

这也正常。有谁会喜欢待在老鼠堆里呢？我们的工作就是用击针式步枪、迷你枪透过专用瞄具乱扫乱射，非常单调。

谁想干我都很乐意让他来干，而且马上就能跟他换位置。地面部队的人都这么想吧，毕竟巴尔加星上的重力太累人了，让人行动不便。关键是，老鼠们的多拨次进攻丝毫没有变弱。

"没完没了啊，这样。"

泰隆在一旁叹气，抱怨了一句。"就是。"我也疲倦地点点头。

天终于亮了，用不着照明弹了，可我们还在和老鼠厮杀。

我们撤退到第二道防线，靠着临时建的伪地堡和战壕网络继续抵抗，对手还是老鼠。把眼前的一拨消灭干净，下一拨也就到跟前了。时不时还有敌方炮弹打过来，还有会自爆的肉弹老鼠……

最烦人的还是老鼠太多，杀来杀去都杀不完。

那个什么里美尔，商联的武官，他居然让我们用一台步兵战车突围？亏他说得出口。

明显就是强人所难嘛。

"干脆投些耗子药吧……"

我就是发一下牢骚，埃尔兰多那小子还特意到光屏上查了查，确认后一脸遗憾。

不用问也知道结论了……埃尔兰多好像有话要说。

"明，你的主意很好……太可惜了。"

"耗子药这些根本不在装备一类里，不是吗？"

"对的。"这呆子还点头称是，我气得劈头就说："那就我们自己干！"

里美尔武官和海军陆战队的人给了我们补给，所以步兵战车里装满了弹药。不过，但凡有点脑子的人都能想到弹药是越来越缺的。

就算眼下是解决了，下回就能有惊无险吗？怎么可能？这个世界可不是靠投机造出来的。

"……这样没完。得找个地方一决胜负才行。"

我很讨厌碰运气。赌博本来就是庄家必胜。只要脑子没进水，就不能干"一决胜负"这种没有后路的蠢事。

该死，现在就是没有后路。

"我说，瞅准时机杀进去呗！"

只能动手了。既然非干不可，就要毫不犹豫，深入敌阵。下定了决心，我对队友们喊出了建议。K321的队友们听到了，开始各自反馈。

最先同意的是泰隆，他没说话，只是点点头，轻轻撞一下我的肩，又继续扛起击针式步枪灭鼠。埃尔兰多慢人一拍，紫涵嘛，还是让人看不懂。

接着，亲爱的阿玛利亚给了我英式鼓励："这真是我听过的最棒的主意！"

"你的认可是我的荣幸……"

为了和外国人交流，我也做过烦人的练习。没办法，我本性善良。可这脸皮比城墙还厚的白人女人不为所动，不怀好意地劈头朝我说道："时机，谁来看啊？难不成你来？"

为这种谁当指挥吵起来也太傻了。我不行，这女人也不行，那就只剩三个人选了。

这就简单了，我说出心中人选："紫涵怎么样？"

"啊，紫涵？"

没想到吧！阿玛利亚呆呆地鹦鹉学舌一样反问了一句，就再也说不出话来了。

"对，怎么了？紫涵呀！我们的杨紫涵！还有哪位紫涵吗？"

我得意扬扬地反复高呼紫涵，阿玛利亚觉得意外，盯着我说："明，难得呀。"

"咋啦？"

"我还以为你会提自己呢。"

"哼，"我笑了一下，说，"可惜呀，我也是有常识的。"

"我才知道呢！"

"喂，别当我傻行不？我也是知道的。我选紫涵，是因为风向标最懂风向，对吧？"

我说着，给紫涵递了个眼神。

紫涵轻轻瞪了我一眼，那眼神……怎么说呢，真是绝了。

她脸上在笑，眼里却没有半分笑意。把后背交给她实在太可怕了。不过正因为这样，她才是个可以共谋诡计的人才。

实际上，这事阿玛利亚也懂，她听了我的话，只是脸上肌肉抽了一抽，没有反驳。

紫涵也是，她装得神秘莫测，可也不会干些浪费时间的蠢事。她收敛情绪，换上那副死人脸面具，但对要做的事，她直截了当地说："就由我来看时机？"

"交给你了。"我表示同意。大家都是内行没什么可争论的。

其他人也对这个提案没有异议。毕竟，不管怎么评价紫涵，大家都觉得她挺机敏的。就连埃尔兰多都挠挠下巴，同意说："驾驶载具的活都交给你了。看准时机开出去！"

"紫涵，听到没？"

"嗯，必须的。交给我吧。"

说着，紫涵跳上步兵战车的驾驶座。我瞥见她启动了几个光屏，又重新架好击针式步枪，对着老鼠开火。

老实说，把自己的后背交给别人就是心慌……可这种时候不能讲究。我已经习惯忍耐了。

除了泰隆，K321其他人我都得费劲去磨合……老鼠要杀过来了，现在只能忍耐，别的等活干完了再说。

我不是拖人后腿的垃圾，帮忙这等小事我还是会好好做的。

就是开枪，开枪，再开枪。

我们坐着车打仗，击针式步枪太烫了就换迷你枪打。车里空调开足了，但枪支散发出大量余热，热得难受。

我们大汗淋漓，急得跟热锅上的蚂蚁似的，眼前净是吓人的老鼠。

只有老鼠的话还好，但里面混着肉弹大胖老鼠，我们不能放松。重力大，车内又不通风，汗水都流到眼里了，还有这么多老鼠！这是酷刑吗？！

"紫涵，行了没？！"

"再等等。"

紫涵的回答很冷淡，我听了心里焦躁，一转头，紫涵一直盯着监视屏，看都没看我一眼。

"呸！"我继续瞄准，得打到什么时候啊！

这是精神折磨，跟被人使劲勒紧脖子一样。

盯着装甲外的老鼠，发射！击针式步枪、迷你枪换着用，发射！时不时还有炮弹中弹声、肉弹老鼠的爆炸声。

老鼠，老鼠，还是老鼠。

总会解决的。可现在总得想个办法。

"再这样就让老鼠弄死在这里了！还不能开车吗？！"

"再等等。"

一字一句，没有一点改动。埃尔兰多到底是急了，他发脾气催紫涵快点……得到的只是冷血理智的回答："有这闲工夫吵，不如打敌人去！"

"对！但是！紫涵！再这样，你我都要完……！"

紫涵看都不看我们一眼，只盯着监视屏骂："这么吵我专注不了。行了，全都给我闭嘴继续打！"

不只我一个吓得一抖。阿玛利亚、泰隆，就连埃尔兰多心里也一阵战栗吧。

或许？难道？我挑错人了？

……真的没问题吗？把K321小队的，也就是我的命运交给紫涵，这个讨厌的中国人。

我越来越怀疑，觉得她实在是靠不住。

真的选错了吗？我真的错了？什么脑子！

不过也不一定，唉，可是……紫涵的确没有要行动的意思。不动吗？还是说动不起来？

我对她的不信任到了极点，这时爆炸声响了。

同时，战车突然加起速来。

车抖得厉害，我刚刚盯着瞄具，这下，头一下子砸到了战车装甲上。我还以为是步兵战车被炸了。

车一开我就明白了。我大声抗议："去你的！紫涵！开车前好歹说一声啊！"

"下次一定。"

这回答也太冷漠了，我受不了了！我就算比忍者还能忍，但也是有极限的！

"给我解释！你到底在干什么？！"

"干什么？临时建的地堡被肉弹傻老鼠炸了，我冲到废墟上。地堡刚炸的，热乎着呢。你去找找看，烤牛肉应该是有的。"

紫涵捂嘴笑起来，接着说："当然，那个可能不干净，不建议食用哦。"

"我吃你个头！"我真是服了她了，这人真讨厌。把战车开到战友刚被炸飞的地堡上，她怎么想出来的……伪装掩护。

扮作"尸体"。

接下来的行动嘛，我也明白了。再智障的人也一看就懂。紫涵要藏进炸毁的地堡里，伺机冲出屯驻地。

具体地说，就是在老鼠和商联军厮杀正酣时趁乱逃出去……伪装逃跑。

惊慌失措地从炸毁的地堡里冲出去，战友看到会以为我们是自暴自弃或者是精神崩溃了，老鼠见了也不会太留意。

之后就简单了。

老鼠涌向防线的同时，我们以全速一举杀向市区。敌我位置完全调换，根本不用担心背后有追兵。

敌人笼在烟尘里，加上战场混乱，他们不会发现我们的。毕竟，就连在车里的我都不知道现在在哪里。

……紫涵太狡猾了，是该这样。不过这步兵战车开的真没问题吗？我对紫涵喊："知道该去哪儿吗？！"

她没头苍蝇一样乱窜，待会儿迷路就糟了。城市里很容易迷路的。

在陌生的贫民窟里走丢可就完蛋了。过了一阵，视线清晰起来……千万别是我们暴露了。

在老鼠窝里乱跑，会给老鼠啃干净的。

"放心吧。"

"你让我放心我就放心吗？我那么蠢吗？！"

"那换一句，就用你说的，风向标会看错风向吗？"

我说过的话当然没错。这下只能低头了。

我坚信废物总是一事无成。同样，虽然紫涵神秘兮兮的，但我觉得她不会把事搞砸。

到底怎么在一团乱里认路呢……好厉害的技能。我还挺佩服紫涵的，结果这谜底被揭开了。

"通知：车辆返回自动引导路线。"

"有导航？"

"通知：车辆已返回自动引导路线。距离到达目的地还有一行星标准时。请留意，实际用时视实际路况、交通情况而定。"

管制AI宣读的是什么……标准说明文。

应该是商联设定的模板吧。这个我没听过，所以听了有点烦躁。不过，我也能看懂这是怎么回事。

"喂，紫涵？！这车是全自动的？"

"对。"

她认真地点点头，平静地揭开谜底。

"路线设定很顺利。需要的话，还可以用卫星信息确认现在的位置。跟在地球上开车一模一样。"

不巧了，我没开过车，也没试过自己开车到目的地去，完全不懂。开车听着很容易啊，中国人就是有钱，这么懂车。在日本，除了公共交通工具，路上又有几辆车呢？

想起以往的日子就不痛快。我摇摇头，甩开过去的回忆，用力转移思绪。

"咚"，车身突然晃了一下。刚反应过来，步兵战车就加速了。向着目的地加速前进。

"通知：正在首都环线行驶。距离到达中转目的地还有大约十分钟。"

现在不是欢快聊天的时候。大家都没说话，车辆缓缓前进。从瞄具里看着外面的景色流淌而过，很难想象这是战时的街景。真神奇。

跟普通的街景只有一点不同：这里半个人影都没有。明明在街上，却见不到一只老鼠。

抛开这一点不提……街道还是很整齐的，没法想象这里会涌出把炸弹往自己身上缠的疯老鼠。

算了，巴尔加老鼠怎么想的，我可不懂。

重要的是事实。他们要杀我们，我们也要灭了他们。

现实简单易懂。哦，我想起来了，老鼠嘛，总是躲在城市暗处鬼鬼祟祟的。

见不到老鼠是好事啊。

心情愉快地坐在座位上，晃着晃着，十分钟转眼就过了。

"通知：到达目的地附近。导航完毕。"

管制 AI 提醒我们要下车战斗了。别的不说，给我们的欢迎声太棒了。

我不会听错的，那好似低沉咆哮声的是集音话筒收到的炮响。我很清楚，现在到了敌方炮兵阵地附近。

车一点点靠近，越来越危险。

泰隆突然指着什么，大声叫起来："那个！是那个！……是炮兵阵地！"

我还在盯着光屏，听他一说，也转过眼去辨认目标，只见那边有一堆大炮，被混凝土构筑的庞然大物围着。

那炮兵阵地密密麻麻的，只能用"一堆"来形容。

……这守备部队的兵力，就算少，跟我们比也是绰绰有余。里美尔武官还让我们"吓唬他们"？他脑子坏了吧？

"这回兜风真舒服。好了，各位，讨论一下该怎么办吧。炮兵阵地也参观过了，我可是想赶紧回去的。"

我的话有几分真，也有几分玩笑。

最先反驳我的……没想到，居然是埃尔兰多。

"我懂你的感受。但也不能不管。"

他说得斩钉截铁，表情认真极了，"这是我们的分内工作"……这话就是鬼扯，听了叫人头疼。他不会是认真的吧？

是工作就应该有相应的报酬。我们做的又不是慈善义务劳动。让我们白干简直荒谬。

"干活是吗？我可没领那么多信用币哦。"

"钱是一方面，人手也不够啊。就我们五个去收拾吗？"

泰隆表示疑惑。我回答说："还用说吗？这么大的工作量，人手明显不够。"

这活干不了。

"呸"，我往地上啐了口唾沫。让我们去解决炮兵阵地……难以置信，真是蠢到家了。

嘴上虽然抱怨，我们还是驾车冲到附近的建筑里藏好，再下车进行侦察观测。

搜寻然后击毙。这步骤在火星这口热锅里重复太多次了。

"行星轨道步兵技术评价演习 A 程序"，想起就烦……不过，我已经掌握了。我知道，我对自己的行动很清楚。

按部就班，效果应该不会太差。要预测情况也没什么难的。

但是，我感觉很不妙。

"泰隆，这是……"

"嗯，确实蹊跷。没有动静，半个人影都没有。"

"别废话。"我加强戒备。可情况没有变化。

下车地点周边安全检查完毕。就是找也找不到半只老鼠。

这果然蹊跷。嘲笑自己扑了空，然后撤出去？我办不到。

"是有埋伏吗？"

"唔，那样的话……"

也太奇怪了。我还没说完，泰隆就急着下结论："掩护我。就算危险也去看看吧。走了，明。"

"你别做傻事啊！"

泰隆继续打着手势告诉我情况，提议稍微前出。我不反对，"行吧"。我刚要行动，就看见了奇观。

我们还想两个人先走，埃尔兰多像是下了决心要和汉子结伴。

"我也去。"

他这么积极，真难得。带头的泰隆和跟随他的我都感激不尽。我们三个人互相掩护，逐个避开射击范围，躲在遮蔽物后前进。

是我多虑了，我只希望别在火力交叉点发生自相残杀的蠢事。

在紫涵、阿玛利亚小分队的帮助下，我像在厨房里那样跳跃前进了好几次，按照训练，在可互相掩护范围内一步步前进。

我防范着伏击，向炮兵阵地靠近，可是再怎么靠近，就是没发现老鼠的气息。

"你们那边呢？能看到什么吗？"

"没有动静。"

"这边也是。"

走在前头的泰隆用无线通信发问，后援小组的回答让人失望。谨小慎微地一点点往前蹭也没什么意义。过早暴露行动目的风险太高了，但我真的在犹豫要不要强攻过去，头疼啊！

只是恐吓一下敌方炮兵阵地的话，大张旗鼓地杀进去也行，那就足够完成任务了……可现实状况不同。

就连敌人的状况都摸不透，进攻点也实在难定。

结果我们的结论是尽量靠近，视情况行动。就是随机应变。

靠近敌阵，视情况进攻或调头撤退，我们下定了决心……可我们设想的完全错了。

街市上没有半只老鼠，而这里也一样。

这里的老鼠也不见踪影。我们居然到了炮兵阵地还是没见到敌人。到底怎么回事？分散开的小队会合了，大家都想不通。

难以理解……阿玛利亚疑惑地摇摇头。

"只有大炮坐镇？太厉害了。"

她说的就是我们 K321 小队眼前的一切。

连大炮都是全自动的。

弹药输送方面，则是弹药输送无人机似的东西在一个劲儿运送炮弹。看管制 AI 显示的，那玩意跟屯驻地的一模一样。

埃尔兰多惊呆了，甩甩头。

"……全自动化，这里完全是无人操作的机器！竟然有这种景象，我无语了。"

"埃尔兰多，我也很无语。唔……这就是巴尔加老鼠的失策了吧？咱们好好干一番！"

"当然，他们警戒太弱了，咱们都炸了吧！"

"什么？"

这傻瓜在说什么傻话。是说"把这些炸了"？

真是难以相信。他是认真的吗？我很怀疑，忍不住盯着埃尔兰多。

"你认真的啊？清醒一点！"

"怎么了，明？我们要做的不是清除炮兵吗？"

我轻拍他的肩，对这个乖孩子开骂："埃尔兰多，你太听话了吧？这里没人把守，我们进攻的方法太多了！你动动脑子！"

"对！"隔壁的泰隆拍手认同说，"明，你的性格也太张扬了。这种事啊，应该小心地、悄悄地干。"

"就说是捡到失物？"

"完美！从哪边开始动手？"

我们一下就谈妥了，可那几个教养好的还没反应过来。这些人没干过坏事，连头脑都那么憨实。

呆呆傻傻的有三个……不，两个？

不管怎么说，阿玛利亚明显是没理解，她恼了，质问我们："打扰你们说悄悄话真抱歉，但你们要说明一下啊！要怎么办？"

"就是我们拿来，自己用。"

"用？"

"对啊。"

"用什么？"

除了大炮还能用什么？我倒想反问她一句。

真想用尽我的斯里兰卡语词汇去怼她，但时间紧迫。

我指指大炮，不说话了。

K321小队都望着无人炮兵阵地，那边又响起了炮声。

炮弹的目标应该是商联军屯驻地。对屯驻地是没什么感情，但也不能由着它被炮轰。

"赶紧了结吧。"

我的提议很明确了，紫涵还问："怎么了结？"

她不信我说的，甚至还怀疑我是不是糊涂了。紫涵盯着我和泰隆，像是看着怪物一样。

"没听到吗？……我说，怎么了结？"

她只是单纯询问做法而已，可我觉得实在奇怪，甚至难以理解。我都说得那么明白了，她还不懂？

"哎，紫涵，你昏头了？好好想想！还是说，你在耍滑头装无知？"

埃尔兰多要阻止我们吵起来，拉长了脸打断说："明，你说得太过了！"

"哪有？我是不相信那个风向标会想不明白！行吧，那边有大炮，看见了吗？就离我们这么近的大炮！"

紫涵这人，在屯驻地的时候还让我们去翻巴尔加老鼠尸体，现在怎么可能放过满眼的大炮？！

"我说，你们的火眼金睛都丢到哪里去了？"

"我要说的是，用大炮跟使用小型枪支不一样。我们没学过发射大炮啊。"

"所以呢？不用了？"

紫涵直直地盯着我,像是惊得说不出话来。

她那眼神真讨厌。在她眼里,我似乎彻彻底底成了傻子。而且那眼球上还有脏东西,看了就窝火。我很不痛快,非常极其不痛快。

"那可是全自动的!……总不能用击针式步枪指着它高喊不许动停止射击吧?"

唔,她说的我也不是不明白。

就算是这样,难道不试一下直接放弃吗?那岂非等于承认自己的脑子是摆设了?不动脑子就别乱想了,脑袋空空,用击针式步枪一把崩了算了!

别扯我后腿。

别逼我放弃。

别拉我下水。

我要向前。我不会输。什么堕落,不需要!干不了活就是废物!

"干掉它们!不然就被它们干掉!那就干吧!只能这样了!赶紧把大炮都缴了!"

"你要抱走那些用都不会用的东西吗?炸了就完事了!炸完就跑不好吗?鱼和熊掌你都要吗?"

"不试一下怎么知道不会用?"

你一句我一句,我们吵起来了。

可意外的是,我的"良知"好像激发了大家的理智。阿玛利亚居然受到了启发,真是奇迹。

"不会用确实是不会用,不过……那是全自动的对吧。那……我们控制它们的管制装置就行了吧。"

她的声音很小,话里却有重磅内容。我和紫涵听到她的话,不约而同停止了争吵。既然是全自动化大炮……本来就是商联制造的吧。

这观点说不上完美,但是对极了。

"我也觉得会有保护装置。而且应该密码化了,我们是改不了的。"

唔,紫涵提的这个问题,点到关键点了。

阿玛利亚熟练地叫出管制 AI,聊了两三句就笑起来。

"……紫涵,我打断一下。"

"说。"

"你很聪明……可世上到处都是笨蛋!你得明白,蠢货是很多的。"

紫涵愣住了。阿玛利亚朝她笑着说:

"这里的管制软件还是商联的初始设置。管制 AI 能访问,权限至少能测一下吧?"

紫涵目瞪口呆,那表情太稀奇了,真得好好看看。我惊呆了,阿玛利亚这个蠢货居然站在我这边!而且是向我一边倒!

巴尔加星遍地是他妈的奇迹呀。

或者说,这里到处是不把脑子当脑子的老鼠。

不管了,反正管制 AI 权限通过就是个顶顶美妙的消息。

"管制AI，我要那门大炮。知道怎么转移权限吗？"

"通知：已掌握炮兵管理权限，管理员。海军陆战队管制AI权限即将启动商联军兵器使用协议。"

"说什么？"

我问管制AI怎么"劫持大炮"，它就把活都干完了。但这过程太平淡了，我看不明白。

"等会儿，你刚刚做了什么？"

"通知：处理炮兵管理权限。商联海军陆战队管制AI通过上级指挥系统权限已控制本地军队初始设置。YOU HAVE CONTROL。"

管制AI的话在脑海里回荡，我呆住了。

"商联海军陆战队管制AI通过上级指挥系统权限已控制本地军队初始设置。YOU HAVE CONTROL。"

什么意思？

"恭喜你呀，明。"

见我一头雾水，埃尔兰多苦笑着说："这样你就能用大炮了。"

"反正，"他接下来告诉我的事实，太有冲击性了，"你现在就可以用大炮了。不改出厂初始设置，连密码都不换，这种安全意识薄弱的用户偶尔也是有的嘛。"

"什么意思？"

"……只能说巴尔加人太马虎了，没设安全保障。"

"啊？就是没上锁？"

不锁门的,除了特别想自杀的人,就只剩智障了。

"严格来说呢,是他们没改初始设置……出厂商可是商联,这不简单了嘛。"

我听不太懂,是说敌方脑残犯蠢给我省事了?

那就不是坏事,太棒了!敌人愚蠢,百利而无一害。是时候收脑残税了。

"这边炮兵阵地就解决啦。"

叫什么里美尔的武官,他下令让我们威慑炮兵阵地,又没说不让捡失物。把大炮都缴了,真爽。和泰隆搭着肩,我们俩放声大笑起来。

"再来一遍?"

"在对面哦!泰隆,你小子想让我又穿行一次?"

"哎呀,战友,大炮就在眼前!这些你现在不用,什么时候用呢?"

"你说的没错!"

"嚯嚯嚯,哈哈哈。"我和泰隆狂笑不止……聊得热火朝天的只有我们俩。紫涵气鼓鼓地,阿玛利亚满头问号,埃尔兰多嘛……不知道他那是什么表情。

持悲观论的紫涵先开口了。

"你们可没受过炮兵教育。"

"所以?"

"大炮是玩具吗?你们会打?"

"那是全自动的,发射我们总会吧。"

试一试而已，又不用花钱。说什么鱼与熊掌不可兼得，我的座右铭可是"一石二鸡"。

其他人看什么都是往差了想。积极点！往好了想！眼里只有坏事，还怎么活啊？蠢不蠢啊？

紫涵做事优柔寡断，那样鱼也跑了，熊掌也丢了。我嘛，打两只风标鸡，杀了烤着吃！

紫涵妥协了，顺手叫出管制 AI，打算试试。

"管制 AI，用管理者权限启动炮击管制程序。"

"通知：以海军陆战队管制 AI 权限，用管理者权限启动商联军兵器运用协议炮击管制程序。系统启动中。"

"明，干脆把这个也用上……"

"通知：商联海军陆战队权限访问通过……卫星连接正常。成功连接轨道舰队计算装置。可进行精准观测射击。"

"……欸？这就可以了？"

难以置信。

余光里，紫涵惊呆了，全身僵住，眼前的显示模式简单明了，太对我口味了。

界面简单，第一次看也不会头晕。造这玩意，商联真是花了心思。

"那个，按哪里呢？"

在监视屏的大声指导下，我按按这里，按按那里，不停地按虚拟触控面板。

我一直觉得机械就是无端复杂化的东西，看来商联式炮兵系统是个稀奇异类？管它呢，好用就是好东西。

操作没有一点难度，我顺利地完成了设置。确认图像，按指南请求识别码。

"指定坐标。向炮兵发射。"

"通知：内容确认，目标为巴尔加陆上炮兵阵地。请求ROE确认。有问题……"

"没问题，快开始！"

"通知：测地诸元反映。首发装填中。弹种，对地杀伤弹。引信设置完毕。"

就是这一刻，我意气风发，心中狂喜。

死老鼠，我受够了，这下该是我让你们吃几炮了！"轰！轰！"炮击开始了，那火炮射击声听着真痛快。

"通知：是否需要舰队光学侦察？"

"肯定要啊！管制AI，显示！"

"通知：舰队光学测量图像接收中……向屏幕投影。"

俯瞰图像马上出现了。不知道是该钦佩还是惊叹，这也太清楚了！就连一架架大炮都拍得一清二楚。

就是半个人影都没见到，有点遗憾。

跟刚刚的情况完全不同。完全没见到群聚的老鼠。大炮打飞的只是大炮？

"我不恨大炮，可是，算了……这时候不能多想。"

"喂，明！你同情大炮啊？"

泰隆觉得有意思，问我。我重重地点点头。

"我讨厌的只有老鼠，我可不是乱砸东西的坏孩子！"

"哈！亏你说得出口，你和坏孩子差不多吧？"

我俩又傻笑起来。不错呀，事情顺利，心里美滋滋。

"通知：目标周围扫描中……请确认有效射击范围。"

估计管制 AI 改了尺寸，显示的图像感觉更远了。

想到这，我随口问："这是？"

"通知：是目标周围图像。"

看着炮兵阵地周围散乱的建筑物，要我确认的就是这个吗？

"哦，感觉乱糟糟的，我看到了。"

"哎呀，麻烦死了。"我甩甩头。管制 AI 有时候挺灵活，有时候又怪怪的。

现在使唤 AI，还得规范用语吗？有毛病啊？垃圾！

"通知：收到确认。请确认是否允许炮击命令。"

"还来？确认，我说确认。赶紧开始炮击！"

这对话无聊透顶，可也引起了某些人的恶趣味。紫涵抬头说："嗯？明？你刚刚做什么呢？"

"它吵着让我确认，我就确认了目标。商联居然跟派出所似的。没用的手续太费工夫了。"

"你是说官僚主义问题银河处处都有吗？"

"对。"我点点头表示赞同。这银河，到处都是废物、蠢货。只要感觉正常，看了都会暴怒，或者会绝望，或者两者兼有。

"通知：炮击，开始。"

指南语音刚落，对敌方炮兵的射击就顺利开始了。

管制 AI 夸说那是"有品质保证的火力"，这广告打得一点都不过分。简单粗暴地追求性能，制出来的大炮就跟设计思路一样，火力强劲得简单粗暴。

高爆杀伤榴弹同时射击的调整测算精确到了小数点后几位。

炮弹按测算装置的数值划出弹道，好看极了。弹内的测距引信感应到有效杀伤范围就会引爆，在敌方大炮正上方同时爆炸。

最大有效范围完全覆盖，系统确实要扫清巴尔加的炮兵阵地。

我们看着眼前投影的光屏，目睹着全过程。好一场无与伦比的火力表演。

我们观赏着炮击效果，管制 AI 在不停地评估战果，最终显示非常简洁，"歼灭"。

"成了！"

"噢耶！"

我和泰隆大声喝彩。那一刻，别的不说，我享受到了大获全胜的美妙。

缴了敌人的大炮，又灭了他们另一处炮兵阵地。

还能有更棒的成果吗？不可能了。

两个脑残在喝彩，可我惊得话都说不出来。

很顺利，这我承认。应该说……我们毫不费力就成功了。太顺利了，太诡异了。

轨道的观测支援，还有那个卫星图像，把战场拍得一清二楚。

……还有，最诡异的是在轨道坐镇的舰队。那陆上部队"处于劣势"就明显说不通了。

还有商联军指挥官……里美尔，他说"劣势"的时候那么郁闷愤怒，这是我们"烧鸟"能解决的事吗？

他是想向商联奉上他的"忠臣之血"吧。

越想越觉得不对劲。按理说，这不可能啊。

可我们就这么轻易地排除了令我军陷于劣势的最大障碍？真的已经排除了？

因为我们很优秀……这种鬼话要是能信，人生就无比轻松了。可惜呀，我没那么天真。

我们到底为什么成功了呢？

或者不该这样问，应该……反过来问。难道说，这与"能力"无关，是"意愿"的问题？

那不让"他们"做，让"我们"上，让"烧鸟"去做的理由只有一个。

商联做这种事应该没有难度，但商联军不出手，而且显然是不愿出手。

从轨道上攻击敌方炮兵阵地应该在他们能力范围之内，无人机或舰队，选哪个都行。

但他们不动手，让我们这些"快餐"来。

噢，这就是……壁虎断尾。

我是被牺牲的那截断尾？

这可不行。

这样，我又……

不行！那种事绝对不能重演。

怎么办？我该怎么办？我们成了反派，那还有活路吗？洗白吗？我们能把自己择干净吗？

怎么可能。商联怎么会单单放过我们。这可是权力机关的妙计，全银河都一样。

我的手已经脏了。

因为我们都作恶了。

手上的脏污怎么洗也洗不掉！我这下有点明白麦克白夫人的心情了，手上的水渍怎么擦也擦不干净。

……既然如此，那就反其道行之。

我得让他们，让这个道德的商联当局慢慢地沾染罪恶。

要下地狱，就大家一起下。

怎么说呢，我开心的时候总有人泼冷水，我的快乐总是很短暂。

这次也是，我攻破敌方炮兵阵地，缴了大炮，随意打了几发，正在兴头上，管制 AI 的警报就响了，显示出地图。唔，周围全是可怕的红色箭头。

"喂，怎么红了！"

紫涵笑笑，好像早就猜到了。

"……你缴了人家大炮，敌人能不行动吗？他们发起进攻夺回阵地，不是理所当然的吗？"

这话一点没错，我也没意见。自己的东西被抢了，肯定要去拿回来。

贼偷东西，手被打落才是公理。

银河里也不例外。

但来的也太多了，都是哪里涌出来的？按照地图显示，现在来的老鼠跟袭击屯驻地的比起来一样？还要多！第一拨老鼠已经过来了。

"老鼠们气疯了吗，这是？"

"是吧……你也这么觉得？"

还用说吗？我对紫涵笑笑，表示同意。

"倾巢而出，那些小废物正从各处冲过来呢，还能有别的原因吗？"

"……没必要重新解释了吧？"

观测静止轨道卫星拍摄到的景象让人害怕。

我们肯定得逃，问题是往哪里逃呢？就算是步兵战车，也会被成堆的老鼠拆开吧？不行，只能挖个洞藏起来了。

突然，我和泰隆视线对上了。

"炮击吗？一把灭了他们。"

"明，不行吧。敌军太多了。弹药一旦用尽，我们肯定得遭老鼠蹂躏了。"

"刚刚还是打得太随意了。"

也不是没有弹药，但要灭尽老鼠就不够了。能灭多少算多少吧，可也要好好想，好好打。

集中火力突破一点吗？可是，要冲开老鼠攻势也要一定量的炮弹……剩的够不够啊！

"管制AI，全力射击还能撑多久……"

紫涵突然打断了我的问题："明，不能再这样打了。没必要单靠我们自己解决敌人啊！"

"你说什么？"

"……请求轨道炮击。"

"请求？跟谁请求？"

"跟那个武官请求，里美尔武官。"

紫涵盯着我，冷冷地嗤笑一声。

"请求轨道炮击不就解决了？"

我根本不指望轨道舰队，原因很简单，要是可以轨道炮击，我们还会这么辛苦吗？

我一想到马里亚纳演习，脑海里就浮现出那一次轨道炮击。那威力，俯瞰也壮观非凡。如果轨道炮击可行，我们就不会这么狼狈了。

"怎么可能那么简单？"

"就是啊！你为什么觉得我们很辛苦呢？"

我和泰隆一致反对。紫涵听了微微一笑，让人看不透。

"不行吗？不是你说的吗……试试而已，又不费钱。试一下又不碍着谁，试一试不合理吗？"

这话听着信心十足，有点奇怪。紫涵到底在想什么，试了又能怎样？

……太诡异了。

这种心怀鬼胎的人渣，要是信了她的鬼话就要坏菜了。紫涵，你这家伙安的什么心？

真想干掉她，以免她闯出大祸。她好像猜到了我的心思，诡异的笑意渐深。

我紧紧盯着她，她诡异地冲我笑，我们之间的气氛形成了怪异的平衡。突然，埃尔兰多手一拍，打破了僵持。

"好了，你们两个差不多行了。时间宝贵，而且就为这点小事，不值得。明，问问而已，你不介意吧？"

"埃尔兰多，话是这么说。"

"反正我就尽人事听天命吧。说不定格鲁西元帅会来，试一下也不是坏事。"

"格鲁西？谁啊，那是？"

"就是可以定胜负的援军。不请求的人是不会获得支援的。"

我心里还是有不服，不过他说的在理。趁老鼠还没涌来，先把能做的都做了吧。不就是请求吗？那就请求。

我通过管制 AI，启动了规定的协议，即"支援请求标准程序"，就是由当地指挥官以舰队的身份转述前线请求的规程。

管制 AI 推荐了战术问答程序，又说情况紧急可转接通话。我听了，毫不犹豫地说："紧急。"

"我要忙死了，谁啊？"里美尔武官烦躁的声音响起，线路接通了。看来现在不适合说请求，但没办法了。

对这种人，废话没用，得直奔主题。

"里美尔武官，我们请求轨道炮击。"

"你说什么？……轨道炮击？"

他的声音里透着疑惑。显然，他怀疑自己听错了。跟商联人提要求，根本就是浪费时间。

我突然觉得自己在白费劲……紫涵对我摆手，像是让我加把劲说服他。

她自己说啊！让我说还指手画脚！这女的太傲慢了。

这事原本就用不着细想，干吗由我去开口呢？明明是紫涵提议的，她却一副与她无关的样子。

这是要把麻烦事都推给别人呢？我明白，但我脾气好，忍她。

我姑且相信管制 AI 的判断，继续说："我们也有请求的权利吧？"

"啊，唔，是的……请把坐标发过来。"

里美尔武官说的同时，管制 AI 启动了。

"通知：发送指定点坐标。"

管制 AI 确认了我们的位置、攻击有效范围，还有大致的坐标指定点。

海军陆战队制式管制 AI 真是太方便了，虽然贵，却是有价值的好货。让我们这些烧鸟拿上管制 AI 的是人渣帕普金。

浑蛋，他就那么笃定我们会用上这种东西？

"收到。这边……等等，这个坐标范围需要全面炮击吗？"

"弹药不够吗？"

"不是，舰队弹药足够……但不能都用在你们那里。"

哎呀又来了，太麻烦了。

我说，你看到监视屏了吗？看到了吧，通红一片！可以的话，赶紧轨道炮击这里！

要是不行，那就直接说不行！这狗子到底什么意思？

"烧鸟，你们请求的是轨道炮击对吧？"

"敌人太多了！不歼灭他们我们动不了！"

"哎，你说的在理。但是这跟道德……"

又开始絮叨了，没完没了。

有官衔的员工都是费时的好手，我怎么没看出来，里美尔武官也有这种潜质。

真是的,都说了可以轨道炮击,居然这么不顺利。

"我们也请求了,舰队也有弹药,坐标也给你发了。还要怎么样?"

"需要你对坐标进行确认及认证。轨道炮击之前,请你从道德规范开始再次确认。"

我用尽理性和自制力控制自己,可还是想怒吼。要是能大骂他浑蛋,该有多痛快。

"絮絮叨叨烦死人了。"

我发泄道。泰隆听了,对我挤眉弄眼,要提醒我。

"你跟我说什么?"

"我说确认,确认,我确认!"

我对他皱皱眉,但对事实描述用词咬得紧紧的。这个武官真是好说话,转念一想,我不会是误会了吧?那可完了。

现在敌人都杀过来了,怎么还是踢一脚动一下啊?

"是要防止误炸吧?被自己人炸了就太惨了。"

泰隆这话是要打圆场,我点点头,不是认可,但既然要确认,那就赶紧的。只要能结束这讨论,要我做什么都行。

"管制 AI,确认一下,坐标范围里有没有友军?"

"通知:识别 ID 中没有友军。"

回答很干脆,唔,是不是太快了……算了,管制 AI 说没问题就没问题吧。别的怎么办呢?我现在、马上就想舰队进行轨道炮击。

时间紧迫,我尽量冷静下来,又对武官说:"里美尔武官,确认好了。没有问题。"

"没有问题？确认好了？真的确认好了吗？"

他问个不停。这商联人，真是太执拗了。刚才就一直叫我确认、确认。里美尔武官到底想说什么？

笨死了！行了，快炮击！

"当然。已经向管制AI确认了。"

"烧鸟，你们了解情况吗？那可是轨道炮击。去确认ROE！这个真的……"

接下来，他要扯的胡话应该是"没有问题吗"。没时间了，都没时间还要我应付他吗？

里美尔武官说个不停，我打断他大喊：

"没有问题！快给我炮击！到处都有老鼠朝我们杀来了！"

"……我明白你们事态紧急。"

"那就快！"

"烧鸟，保险起见，我再说一遍。你们请求的是轨道炮击，这是真的，之后不可以否认。没问题了吗？"

好啰唆的武官，太啰唆了。他了解情况吗？他那厉害的商联舰队应该向他显示光学图像了吧？

再这样拖下去，我们真要完蛋了！

"没有问题！行了！总之赶紧给老子炮击！"

我急得大叫。里美尔武官听了，不说话了。

他的沉默特别漫长，没有尽头。我越来越焦躁。

我快被憋坏了，他才缓缓开口说："我要听听除伊保津明以外其他人的意见。谁都可以，换一个！"

磨磨蹭蹭的，听得我反胃。他明明让我赶紧下结论，可又不信任我。也许各种方法都试试，我们就能从老鼠堆里杀出一条血路了。

还在这里亲切交谈浪费时间，有病！攥紧拳头，强压怒火，我就按他要求，换人去说。

"换人！喂，泰……"

转念一想，就让先提议的人说呗。我松了口，看向那个黑发女人，她局外人似的，摸着击针式步枪。我喊："紫涵，你来！"

"……我？"

只一瞬，她露出了厌恶的神情。

哎呀，太好了。她那端庄的脸歪了！总是假正经，这下端不住了吧。太痛快了。

开心是好，但是短暂。

她原本脸色不善，可一口气的工夫，她又重新挂起微笑，无懈可击。确实是堪比城墙的厚脸皮。

"谢谢你，明。我来吧。"

她温柔微笑着，往我的肩上轻轻一拍。动作很亲切，但我只觉得可怕，最吓人的还是她说的斯里兰卡语。

偏偏说什么"谢谢"？

我的后背莫名发冷。

关键时刻到了。我们能过卢比孔河吗？还是连骰子都没掷就完了？

明好像发现了什么，他肯定觉得我不对劲。感觉这么灵敏，真是没想到。

但这次不同，他还得谢谢我呢。

原因就不用说了，还不是因为我和他都是"烧鸟"，是一条绳上的蚂蚱。

这么看来，他不叫泰隆，而让我来说，确实没错。

小屁孩儿看着复杂，其实挺单纯的。

这些我行我素的卑劣男人，太可恨了。

……要是没有别的路，我就请大家一起下地狱吧。置之死地而后生是唯一的活路。

里美尔武官，你也想获救吧？

你这种军官，是不愿让下属枉死的。所以，你会听我的吧？能获救就好，别多问。

好了，我要骗人了。

带着微笑，声音放柔，真诚地骗人。

"换人了。我是紫涵。"

"杨紫涵对吧?认证完毕。需要你紧急确认一下,你们的请求还有问题吗?"

"武官,我们是烧鸟,不是无所不知无所不能的,但我们五个人都确认好了。就我们掌握的知识来看,没有任何问题。"

紫涵和气地回答,我看着只觉得毛骨悚然。这种情况,她还笑?太诡异了。

……接着会怎么样呢?

"武官?请您决断。"

紫涵声音很轻,甚至有一种蛊惑力。她平时的样子我很清楚,现在的她真的太奇怪了。

平日里拒人于千里之外,现在却温柔魅惑……像是要接近对方。魅惑魔女什么的说的就是她吧?

"明?"

"干吗?"

我拉回思绪,看向紫涵。

"武官说要跟你谈。"

"注意礼貌,拜托你了。"

通讯切换,我的耳边传来里美尔武官的声音。

"是伊保津明对吧?"

"是的,已经切换了。你要说什么?"

"……情况,我了解了,你们请求轨道炮击,我也知道了。"

里美尔武官说话一顿一顿的。

他稍微摇摇头,我看不懂狗脸,但也感到他有些苦恼。

了解了,知道了,那就快炮击。

"……我决定了,接受你们的请求。"

"所以呢?"

"我会向舰队请求,安排轨道炮击,目标就是你们的指定坐标。舰队应该不会出错,但你们一定要留意,别炸错了。"

还提醒,里美尔这人真逗。

"谢谢您的警告。"

我礼貌地回答,耸耸肩。

武官大人太爱操心了。但要真担心我们,现在就赶紧炮击吧。老鼠就要杀过来了,太可怕了。

他跟舰队请求就真的可以轨道炮击吗?

舰队不会和他协商个没完吧?

我心里充满疑虑。可里美尔武官完美地履行了他的"职责"。

我是听声音知道的。跟之前的"哔哔"声不同,这时响起的是尖锐警报声,同时还有管制 AI 的紧急播报。

"通知:战区警报——紧急/全体陆上部队注意,播报最优先事项。舰队已接受轨道炮击请求。机动舰队正在轨道部署炮击。全区正在战斗的友军,请确认指定坐标。"

"欸，来真的！"

"紫涵，你太棒了！你说服了里美尔武官！"

"这下老鼠的末日到啦！"

泰隆吃了一惊，埃尔兰多欢呼起来，就连阿玛利亚都笑了。我还是有些疑虑，但也一样期待轨道炮击。

我时不时瞟一眼光屏，上面全是老鼠标志。轨道炮击能驱除老鼠，那就给我除个干净。

"通知：战区警报——紧急／全体陆上部队注意，播报最优先事项。舰队已瞄准轨道炮击坐标。距轨道炮击还有一分钟。没有启动停止协议。"

还有一分钟？不，仅一分钟而已。舰队让我们确认的时候磨磨蹭蹭，行动起来倒是一分钟就好了。

商联，还有商联军都挺奇怪的。里面那些人，是做事有效率，还是腐败透顶的自大狂？

非要说的话，"不和谐"还算中肯吧。

"通知：战区警报——紧急／全体陆上部队注意，播报最优先事项。舰队开始轨道炮击发射。炮弹落地倒计时开始。"

要来了。我抬头望天，看到了炮弹。

伴着巨响，炮弹从上空坠下。

穿透大气层，烧焦的团块在巴尔加重力牵引下"慢慢地"落下来。仿佛每一秒都过得很慢。

方才的一分钟也很漫长。

我甚至觉得，时间会永远这样流淌下去。

"通知：炮弹命中倒数，四、三、二、一……"

零。

这一刻，从未体验过的巨响冲击着鼓膜。

刚刚因为倒计时被拉长的时间仿佛一下子全都弹了回来，真刺激。

非要形容的话，这就跟全身遭人毒打一样痛苦。就连轨道空降训练都没这震动强烈。

晕眩。

我像醉鬼一样卧倒在地上，才明白是巨响和震动干的好事。这下直不起身来了。

怎么回事？我迷迷糊糊地趴在地上，头也开始疼了。奇怪，我都趴着了，怎么还是天旋地转的。

嗯？是地面在震动。

动的是地面，但感觉地壳里头也在翻腾。

这肯定不单是炮击的震动，就是地震。而且震中离我们没多远。

好不容易，半规管终于恢复正常了。我恢复了平衡，好奇地抬头去看炮击结果……地面变成一个巨坑。

楼群都被炸平了，混凝土和碎玻璃到处都是。

我歪歪斜斜地站起来，心里欢呼起来："太好了！干得好！一炸就成了！"

舰队光学观测器传输的图像里烟尘笼罩，图像边缘有"战果评估中"的字样。不用管了，看眼前的废墟就知道战果非凡。

这样的炮击下还有生还的老鼠吗?有的话,我不介意请他喝一杯茶。生还?不可能!

光屏的红点彻底消失了,箭头也全没了。烦人的玩意一瞬间全灭了。

旁边的埃尔兰多突然呆呆地嘟囔:"我……是死神,我毁了这个世界?"

他这话不知道是从哪里学来的,不过很贴切。炮击自太空而来,灭尽一切。

这破坏力真是不得了,"死神"这说法真妙。

"太吓人了!怪不得武官要再三确认。"

同感。我笑了起来。

任谁被催着放这样的大招都会害怕,都会忍不住反复确认坐标。

"所以他才怀疑我们是不是疯了,怕我们弄错坐标。那也很正常。"

这下我理解里美尔武官了。

炮弹"轰"地一落地,我不禁大喊:"干得好!杀了死老鼠!干掉他们!"

炮击声贯穿身体,让人感受到炮弹的威力,真痛快。

尽管震动不太舒服,但这威力,我看着开心。眼前的一切太精彩了!这比烟花有意思多了。

"梦该被震醒了……要承担炮击责任吧。"

"紫涵你说什么?"

"没什么。还是要小心，刚刚的轨道炮击并没有把敌人除干净……"

她的笑有深意，太不祥了。我不信什么第六感，但也不会蠢到完全不管直觉。

我也感觉不妙。

"砰！"一声怪响，管制 AI 带来了坏消息。"是状态更新吧？"泰隆说。

"欸，监视屏上有变化……咦？快看！"

"怎么回事……耍我们呢！"

监视屏上出现了新的敌人图标，这些都是哪里涌出来的？大量的老鼠又向我们杀过来了。

敌军到底藏在哪里？到底有多少？

"是敌方增援吗？真是没完没了。"

紫涵这浑蛋，说的全是丧气话。更气人的是，她说的坏事都会成真。我其实不信什么运气，但束手无策的时候还是想听些好话，讨个好彩头。

"喂，紫涵。"

"怎么了？"

"你该不是乌鸦嘴吧？"

紫涵愣了一下才明白我的意思。

她拉长了脸，转过脸去，表情不善。应该是不想跟我说话吧。她想要缓和一下气氛，对着管制 AI 喊："可以再次请求轨道炮击吗？"

"通知：舰队还有质量弹。光学校准开始。正在计算弹道。"

这话很委婉，总之就是可以。那就赶紧炮击吧，轨道炮击真的太厉害了！

"喂，管制 AI，请求轨道炮击，赶紧的！"

"通知：需要按照正规手续规定程序进行支援请求。"

我想叹气，又忍住了。

到底是谁定的这些脑残规则？滚出来让我看看。一定，肯定，我敢打赌……那浑蛋绝对是自命不凡的废物。

只能走程序了。我急忙向里美尔武官发起紧急通话。

"管制 AI，向里美尔武官紧急请求轨道炮击。对着敌方援军进攻路线发射！"

"通知：请求发送受阻。警告，根据商联军事规则，轨道炮击请求者需确认对请求的理解。请问掌握的信息是否有误？"

又是这种警告，我听得耳朵都要起茧了。我深深地叹了口气，又要来一次了。这玩意明明叫"AI"，怎么跟那些当官的一样，开口闭口都是规则。

……商联人哪，中了形式主义或者是官僚主义的毒。商联又不是那些破派出所，做事倒是好好安排啊！

算了，强迫不了。管制 AI 这种货色就是死脑筋。到了关键时刻，机器就是会掉链子，靠不住。什么官僚主义，都去死。

"妈的。"

骂归骂，我还是按规则请求再次确认。

"哎，泰隆，确认一下坐标。"

"坐标没错。对了，你让他们把这座桥也炸了行吗？那样敌军就来不了了。"

确认的伟大之处可能就在于可以借助别人的智慧。"好啊！"我把手一拍，采纳了泰隆的提议。

"管制AI，我要修改。把这个桥也炸了，还有这个、这个。"

"让我来看看。"紫涵凑过来，把炮击范围更扩大了。

"紫涵，炸那么多啊？"

"我觉得我们都一样，要想有退路，就得大范围杀敌。"

"也是。"我点点头。反正是舰队的弹药，不用节省着用。现在不停地炸，让巴尔加这个鬼地方全是坑，我们才好行动。

"管制AI，确认一下二次修改方案。就按这个炸！"

"警告：请确认最终决定是否有问题。"

"没问题。好吧，管制AI，没问题。"

我不是蠢货，不会被友军的轨道炮击干掉。当然了，我也不是废物，不会误炸友军屯驻地的。那样非凡的威力，当然只能用来对付敌军。

在这件事上，我和紫涵都不马虎。怎么可能有疏漏？我也很认真，不可能被老鼠干掉。

这次，就连里美尔武官也不磨蹭啰唆了。

K321小队的请求顺利转达到舰队，说白了，我们顺利得到了支援。就连舰队也开始好好干活了。

"通知：战区警报——紧急／发布陆上对舰队的附加轨道炮击请求。全区正在战斗的友军，请确认指定坐标。"

接下来的跟上次一样。

舰队轨道炮击的程序开始启动了。

"快，快呀！敌军要过来了！"

这一刻很漫长，像是过了几个小时。

快，快，快炮击呀！

"通知：轨道炮击开始。"

悦耳的倒数声开始了。美妙的数字一秒、一秒地归零。

"来啦！"

震动的源头离得有些远，带来的冲击波也减弱了。但地面实实在在地晃了晃，我坚信，那是炮击成功了。

"这下总算完了吧，该告一段落了。"

巴尔加老鼠全灭，太爽了，爽得我想要放声大笑，太开心了。要是现在能喝上一杯茶，那就完美了，完美得我要高呼"万岁"。

这次失算了，下次要先买好管装茶。

……这下，我们全都过了卢比孔河。

谁都脱不了罪。

至少，商联军军事氏族与我们同罪，当然，我也不会妄想这能给我们免罪。

商联总是挂在嘴边的道德规范，与我何干！我们K321小队在厨房里可没学过那种东西。

眼前的一切，都是商联军设计好的吧，还是说只是官僚机构无能，捅了娄子？

想想商联军、商联军人喊来喊去的口号，再看看他们的实际行动，不就是在遵循"道德规范"嘛。

说穿了，商联军打仗必须讲道德……不然里美尔武官自己早就请求轨道炮击除掉巴尔加人了。

但他没有。

我们请求，舰队就进行了轨道炮击。

他也要拉个背黑锅的。

手已经脏了。这是事实，逃避不了，只能享受。

幸好，我……应该说我们，是"快餐"，是"烧鸟"，就是些机械工具。

不过是赌一把，但情况还不错。

……但愿如此。

我，要活下去。

◆

我正幻想举杯庆贺，旁边的阿玛利亚就把我脑海中的杯子打翻了。尽管她毁的不是真杯子，但我是真扫兴。

"不行啊,你高兴太早了。敌军还有一大堆呢。"

"什么?"

"你看看监视屏,又有敌军来了。"

阿玛利亚居然不是在瞎说。那些红色箭头又往这边逼近了,他们到底是哪里来的?轨道炮击了一次,两次,敌军还没灭完?老鼠就是这样,怎么杀都杀不完!

"我要再请求轨道炮击,这次他们全都得死!"

我正要行动,可紫涵盯着监视屏说:"不行。敌我距离太危险了……敌军逼得太近。"最后一句让我一下定住了。

刚才的炮击点离我们也很近……再靠近一点,我们就要跟老鼠同归于尽了。去死是老鼠的事,我们的工作是灭鼠,不是陪葬。

我叹了口气,平复心情。

"幸好没有胡乱请求,不然小命就没了。怪不得武官要我们好好确认。"

官僚主义也是有些道理的,我也重新认识到检查确认的重要性。

确认非常重要。

商联制造的管制 AI 不停嚷着确认、确认,的确烦人,有待改进……但这也是一道保险。算了,现在哪有工夫管这些?

"我打鼠打腻了,哪里有耗子药啊?"

泰隆跟我一样耸耸肩,他也有同感。

"明,你这是无理取闹,别想了,接受现实吧。跟可爱的小老鼠和平共处吧。"

"泰隆,我没开玩笑!我一直都讨厌老鼠,现在更是要把他们灭干净。跟老鼠一比,莫扎特都变可爱了!"

"我也一样。但怎么办呢?你杀得了所有的老鼠吗?"

泰隆的问题用不着我来回答,我的好伙伴、狡猾透顶的紫涵替我说了:"那也不是不可能的。轨道炮击后,老鼠数量锐减,地上多了几个坑,我们可以绕道回去。"

"同意!"大家都立马表了态。我们下面要顺手把剩下的大炮炸了,再绕开老鼠回屯驻地……方案刚敲定,就有消息来了。

"通知:最优先级别,里美尔武官向全区发布命令,到屯驻地跑道集合并防守。"

开场白过后,就是面向全体部队的通知。

"里美尔武官通知全体士兵。待敌方炮兵停止行动,舰队将派遣穿梭机降落至跑道。各位务必尽力保护跑道,我们将和特使一同撤退。"

等等,就是说。

光屏上显示了撤退倒计时,不对呀,时间是有,但太匆忙了。

看来不能绕道了。

"通知:里美尔武官通知 K321 小队,'不是抛弃你们,但你们要是迟到,我就不管了。赶紧回来!'完毕。"

太感谢了,我要流泪了。

真这么体贴的话，他倒是给我们多一点时间啊！他妈的！

"没时间了，怎么办，泰隆？"

"坐步兵战车冲回去？路况很可怕哦。"

"会跟老鼠碰上是吧？"

"唉。"我和泰隆都摇头。收拾垃圾这种麻烦事总要压到最后。阿玛利亚比我们慢一拍，她问："怎么办呀？"

就知道她要问这个。就从结论说起吧。

"没时间了。我们绕道回去就没人等我们了，那可不行，所以只能把堵着路的老鼠全杀了。"

"弹药不够啊，而且也没时间灭鼠了。"

"……谁让你讲究了？还是你要在老鼠堆里跟肉弹老鼠玩抓人？找死啊？"

"我可不干，所以我才说弹药的事。"

她说话来回兜圈子，但我无法反驳。

"你们智障啊！"

"怎么了泰隆？"

"老鼠可以烧啊！有汽油、打火机就能一把灭了他们。"

阿玛利亚稍微皱眉，应该是想到了烧老鼠的画面，可她也轻轻点头。

"……唔，确实也是。画面不太美观就是了。"

泰隆的提议很简单，我听了有些感慨。他说得太对了，事情本来就没有那么复杂。

越是简单，就越不能掺假。

"你的高见相当合理。然后呢，怎么办？"

"用大炮发射燃烧弹，分散发射不就烧起来了？"

我们兴奋起来，觉得纵火相当可行。可埃尔兰多丧着脸给我们泼了冷水，他指出问题说："这方案看着可以……但弹药不够，不一定能引起火灾。就算纵火成功，路都烧了，我们也要成烤肉了。"

在贫民区或者常走的街道放火，我还能熟练逃脱，但这巴尔加星我不熟悉，这些街道我也是第一次来，被浓烟困住就完了。

五个人都表情郁闷，我们的状况的确比预想的更麻烦。

轨道炮击灭鼠也是可以的。

但炮击点离我们太近，"确认"完了，我们也要被质量弹干掉了。就算是用大炮，也不能一直打下去。

"烧焦的烧鸟，这死法不太好吧。"

我表示赞同，又征求埃尔兰多的意见，要是他还有别的提议就最好了。

"有耗子药就好了，到处都撒上。"

"我也想要耗子药，你觉得在哪儿呢？"

"鬼才知道，我想不到。"

谢谢你的意见。告辞。去死吧。跟埃尔兰多说话就是浪费时间，还我时间！

但我们的对话好像也不是完全没意义。

"耗子药……耗子药……你们说的是耗子药对吧？"

英国人好像想到了什么，絮絮叨叨开始说胡话。

"阿玛利亚，你有妙计？"

"说不定呢。你们知道这是什么吗？"

听她这么一说，我们都很期待，往光屏一看，原来是一种炮弹。

管制 AI 的解说很详细，懂斯里兰卡语的人都能明白。

"是什么？一看就知道是信号弹啊，这不写着嘛。"

"这是 WP 弹，也就是烟雾弹。"

"你的意思是用烟雾灭鼠？"

真是那样就好了。可阿玛利亚摇摇头，让人失望……但她还是信心满满。

"烟雾应该无毒。但哺乳类动物大都不喜欢烟雾，对吧？"

把老鼠熏出来？捣老鼠洞的时候……大家想到一块儿去了。对呀，用烟雾就方便了！

"就是驱避剂呗。有多少就用多少，就算除不了鼠，也能借烟幕撤退。"

"厉害呀。"

我忍不住感慨了一句。虽然不愿意承认……但阿玛利亚的提议没错。她这人，学识还是有的。

怎么说呢……

我心里感叹着，对左边的泰隆悄悄说："不得了了，英国佬真吓人。"

"怎么啦？"

"让她使诡计，她净是想些龌龊事。这人思想太危险，我可受不了。"

"我没聋！日本佬！"

"好吧。"我敷衍她一句，一边快步走向步兵战车，一边还得赶紧让管制 AI 设定同时发射程序。

接下来，商联制系统顺利地完成了任务。

所有的 WP 弹都按计划同时发射了，就是效果比预计的差了些。

浓重的白色烟雾里，老鼠们躁动不安，这也是唯一像样的成果了。卫星的视野反而受阻了……管制 AI 倒是信心十足，说那什么"观测感应器"是热敏传感，不受影响。

幸好全自动化战车就算在能见度为零的环境也能顺利行驶，时不时避开些车辆、杂物，甚至撞开老鼠。

但老鼠不减反增。他们不在近处，但指向我们的红色箭头疯狂增加。这个距离，老鼠不会马上就追上来了吧……烟雾战术还是不行？算了，能逃走就行，别的不管了。

"通知：第一架舰队穿梭机降落。撤退计划顺利进行中。"

我坐在座位上，手一拍。

顺利进行。

这种事我从来没碰到过，真好，我都有些感动了。能顺利离开巴尔加这个破星球，我就满足了。

"……能空投补给吗？记得以前在哪里看过，美军空中优势的一部分也是这样体现的，商联真是太强大了。"

埃尔兰多随意地嘟囔起来，阿玛利亚听了觉得有趣，点点头。

"做事粗暴这一点上，商联也跟殖民国家一样，完全没有暴乱时应对战斗的准备，也不了解当地社会情况，都是霸权国家的老毛病。"

这天聊得挺欢快，我还等着听美国代表泰隆怎么说呢，可他好像打仗打得太累了。

他伸直了腿在发呆，并不想扯那些无聊的闲话。

"真舒服。"我也仰靠到椅背上。

这样也挺好的。

连埃尔兰多也走神了，泰隆和我累得一动不动，紫涵也神情呆滞。只有阿玛利亚还活蹦乱跳的，就算只是表面上的精神，可她到底哪里来的体力？

这个破星球，赶紧溜了吧。回船上灌几杯茶，再把帕普金揍一顿。还有麦当劳，花钱我也要吃到吐。简直完美。

我轻轻推了泰隆一把，让他快看管制 AI 的光屏。

"赶不上'返程班车'就完了，咱们确认一下路线呗。"

"……又确认？不会有问题的。"

他太累了，脸色阴沉。确认、确认、再确认，我好像被里美尔武官传染了，犯上了反复确认的毛病。

但确认真的很重要。真的，非常重要。

"老鼠窜来窜去的，我想放火烧了他们，只用烟熏就没效果了。我们迟到就完了。"

"要烧，哦……凝固汽油弹应该是最好的。"

"你说什么？泰隆，说清楚。"

他像是不敢相信，吃惊地说："那是电影台词，经典台词啊，你不知道？"

"我怎么知道！"

"骗人吧？"

阿玛利亚突然插嘴："……那是美国电影吧？不是谁都看的。"

"也是，对，我知道明就没看过。太可惜啦。就是一手拿着罐装啤酒，看着火海一片，很享受的台词。"

"酒？别提了，想想就难受。"

到了太空，吃的除了"超满足"就是"超满足"，一日三顿都是"超满足"。麦当劳、烧鸟什么的少得要命。

我是爱喝茶，但茶也是没有选择的"优选"。

"……好酒的阿玛利亚，我给您献上'超满足'，好好享受吧！"

"不要。"

她摆摆手，叹了口气，抱怨说："不管怎么样，茶比'超满足'强。真想喝冰啤酒啊。"

泰隆重重地点点头。

"同感，深表同感。"

有那么难过吗？埃尔兰多不相信……啊，他是那种找借口不喝酒的人。

我们的话题很无聊，可紫涵也加入了。

"上瘾很可怕的……一沾上就离不了了，还被欲望疯狂折磨。"

"啧，处处奢侈的人说这话真有说服力呢。"

我搓搓脸，看向紫涵。

她的表情还是那么"优雅"。我们在市区里跑来跑去，在硝烟尘埃里摸爬滚打……"为什么就你脸没脏啊？"

"我就是整理一下仪容仪表而已，你下次把一次性卫生套装也带上呗！"

紫涵耸耸肩，对我摸摸头发……我们烧鸟就是用完即弃的，商联怎么会给我们配卫生套装？她是让我自己去买呢。

"你让我去买？我穷啊，才不买那种不耐用的东西。"

"我们收入一样啊。"

我被紫涵逗笑了，确实，我们收入一样，拿的都是烧鸟薪水嘛，没错。可只是赚的一样，掂量钱的方式完全不同。

"都说了我从小穷到大，生来就不能挥金如土啊！"

我不知道紫涵是怎么长大的，反正她是中国人，中国人就是有钱。

我们日本是老发达国家，没落了，一没资源二没地，我过的什么日子……她那种生来富裕的人怎么想象得到？

哼。我还在抱怨，时间一下就过去了。

"通知：已到目的地附近。请做好到达准备。"

管制 AI 的电子音转移了我的注意力。

这一路，老鼠从四处袭来，我们在步兵战车上要放烟雾弹驱鼠，又担心被商联抛下，这一切现在总算要结束了。

"终于可以放松了……"精神轻松了……现在更觉得脖子和肩发僵。

"看到了！那是屯驻地！"

虽然是步兵战车光屏的画面，但我不会认错，毕竟那里立着商联的旗帜。目前，商联旗帜也只能立在这里了。

"终于到了。"我自言自语道。

屯驻地就在眼前，看着就开心。接下来就是到跑道去，离开这个鬼地方。这里不是恶意就是垃圾，老子再也不来了！

商联舰队先来几次轨道炮击把它炸裂了吧，这里的重力太讨厌，我受够了。之后的事我不管，商联和巴尔加老鼠爱谈就谈，别扯上我！

算了，谈不谈与我无关。

上了穿梭机，就在舰队里"享受"莫扎特和"超满足"，再往浑蛋帕普金肚子上来一拳，这事就算了结了。

可事与愿违才是常态，真难过。

车里突然响起刺耳的警报声。

"通知：多足战车。两台。正快速接近。"

管制 AI 只发出了简短的通知和警报声。

那两架多足战车不知道是哪里冒出来的，沾满煤渣，脚也不全，却依然向我们冲来。

"见鬼了！干吗来这儿啊？！"

我大叫起来。

"通知：转为任意躲避模式。商联道路交通相关法规规定安全通知，请检查安全带是否已系好。"

这通知挺脑残的，但我还是马上坐稳固定住自己，真是太明智了。

步兵战车刚刚还正常地摇着，现在突然开始剧烈晃动。

不对，不够贴切。

步兵战车内的一切疯狂搅拌着，让人大开眼界。战车左右漂移，一点都不考虑乘客的感受。多足战车的炮弹还是打过来了，我们躲也躲不远。

车里乱成一锅粥。紫涵被甩出了座位，她穿着气密服、带着武装，整个块头都大了，加上巴尔加重力不小，她直直往我身上一撞……魂都要给我撞飞了。

紫涵一肘子戳在我心口上，又反胃又痛，差点喘不上气来。为了躲开多足战车的炮击，步兵战车以最大马力左右乱窜，我们就在车里到处乱撞。

都这样了，我们还是没撑住。

两发近失弹一落，步兵战车瞬间侧翻抛锚。没被炸死，还算幸运，可我们被折腾得也太惨了。

哎呀，不说别的，紫涵你先滚开！战死就算了，被你撞死就丢死人了！

"通知：推荐紧急救援。立刻……"

能救就赶紧的！智障吗？

妈的，怎么在这儿翻车……这破事怎么就落我头上了？这么倒霉！

多足战车气势十足，一步、一步地逼过来，我瞪着它，低声诅咒。

要我呢？

你敢要我！

该死！

为什么？

这商联制105MM炮弹为什么要碍着我？！

寻仇的追来了。

我就知道。

……巴尔加人，生还的巴尔加人不可能放过商联部队。

再说了，出了屯驻地的只有K321小队。来寻仇的，但凡有一点脑子，都想要我们的项上人头以略报轨道炮击之仇。

就差一点。

就差那么一点点。

我们就能脱身了。

我还想了以后的事。

怎么偏偏是我遭了殃？

倒霉的怎么偏偏是我们？

我还以为死定了，结果没有。

多用途导弹带着火焰交错飞来，救了我一命。

轰鸣掠过，导弹猛地撞上威胁我们性命的多足战车。

"天啊……明你看！骑兵队来了！"

"泰隆？到底……"

还没问完，眼前的奇景看得我忍不住拍手。又一拨导弹同时发射，那是友军的攻击。我看到那识别码是商联海军陆战队的。是那个 α 中队。

这个中队之前也在屯驻地战斗。现在，我深刻感受到了支援攻击有多可贵。

那两台多足战车，刚刚还想杀我们，现在自己倒成了猎物。

两个蠢货，刚才还四处追着我们跑，跟捉弄猎物似的，这下怕了，死命想逃……呆瓜，反应太慢了！

多足战车配有迎击系统，但也得活动起来才行。多用途导弹集中打击下，多足战车只能乖乖受死。

不出意料，一台多足战车在饱和攻击下倒下了，另一台靠过去，想要掩护，一下就因寡不敌众也挂了。

商联海军陆战队的狗子们还帮着把我们从步兵战车里拉出来，真细心。本来还看他们不顺眼呢，我要改口了，海军陆战队万岁！万万岁！

居然活下来了，居然完成任务了，我们感慨万千，往跑道走去。

刚一到达,我就见到了意外人物。

武官大人两腿叉开,身子往后仰,稳稳地站着,他面露倦色,但眼里有光。见我们来了,里美尔武官开口说:"巴尔加出发的末班穿梭机到了,快上去吧,烧鸟们。"

我不是阅读巴尔加人表情的天才,起码没那种天赋。

不过这次,这一瞬间……我居然有了头绪。

这是跟我们争论过好几轮的里美尔,还有其他人。

商联人的武官,及他们的下属军官们。

说不上全员,但我见过的都来列队迎接我们了。如果我没有会错意……他们还怀着敬意。起码跟叫我们"快餐"那会儿不太一样了。

我们服从命令登机,刚一进舱,末班穿梭机就开始滑行起飞了。

穿梭机抵抗重力加速……终于,我们就摆脱了行星重力。没有重力坠着,身体轻飘飘的,真舒服。

解放啦!我狠狠挤出一句话:"……该死的行星,别让我再见到你!"

我就是自言自语,旁边的紫涵居然带着情绪点点头。

"深有同感。"

她的声音听着不似往日从容了。

我转动眼珠,斜斜地看着她的侧脸。她是累坏了,脸上依然干净,可能用什么卫生什么装打理过了……唔?有点怪怪的。我紧盯着她的脸。

我看错了吗？怎么感觉她有点紧张？

"喂！紫涵！别又发作啊！"

"抱歉。你刚说什么？"

"我叫你别像刚刚那样，你不会又要说什么敌人要来的鬼话吧？"

她应该明白了我的意思。她脸色很差，"哼"了一声不看我了。听了我们发自灵魂的抱怨，舱内生还的异族人都有同感。真得谢谢武官，让我们不用拘束，没想到海军陆战队的狗子也搭话了。

先开腔的是那个狗子头里美尔武官："累吗？"

该怎么回答呢？我还没想好，泰隆就不客气地开骂了："你看我们像活力充沛、随时都能空降强攻的人吗？我不知道你们商联人是什么身体构造，但你要是觉得我们很精神，我劝你洗洗眼睛！"

这话冲着武官说，太过分了吧。不过，我没有必要担心，完全不需要。

泰隆话音未落，商联海军陆战队的狗子就放声大笑起来。

"哈哈哈！金句啊！我要提议，把它定为海军陆战队非公认正式用语！"

非公认正式用语？什么玩意？

见我们不懂，海军陆战队的狗子又是狂笑，又是苦笑，嘲笑，没有半点商联人的样子。他们说，那就是《自理无能政治家讽刺用语集》。

厉害呀，他们的说明比混账帕普金的好懂多了。看来外星人军官做起解释来，比心怀鬼胎的地球人清楚多了。

"那可是斯里兰卡语的伟大智慧结晶！欸，管制AI，给这个会开玩笑的烧鸟转发文化交流指令！"

"你们真了不得！你们居然会安排海军陆战队殿后。武官还是最后一个登机，我挺尊敬你们的。"

"指挥官肯定是最后离开，这是海军陆战队的风格。"

泰隆本想夸他们，狗子们却觉得那是理所当然，就连狗子头里美尔武官也双手抱臂，点头称是。

"我能说句失礼的话吗？"

"说吧，烧鸟。"

"你们不像商联人，怎么说呢……挺奇怪的。"

里美尔武官听了开怀大笑，就连其他商联军官、士兵也在狂笑。

我正纳闷着，过了一会儿，他们止住笑，接着我的话大喊："海军陆战队！当然不像商联！！！海军陆战队！最不虚伪！！！"

狗子们满足地笑着，里美尔武官在他们身后骄傲地点点头。

"陆战部队是铁血磨砺而成的，是有机统一体，骨子里有异于商联的传统和伤感。K321的各位，我们欢迎你们。这不是对'快餐'，是对'战友'的欢迎！"

"……真没想到。"

"智慧种族证明了自身的思维能力，就有资格加入氏族，这是商联的规矩。实力至上主义传统必须受到尊重，至少在海军陆战队是这样的。"

四处纷纷响起认同声。我不知道海军陆战队做派如何，但我可以肯定他们都是言行一致的。

奇了怪了，我感受到了跟商联人的友情，真神奇。

"你们的规矩我不懂，但你们找的活路妙极了，简直天才，我敬你们一杯。托了你们的福，我们才能活着回到舰队上。等回到卫星，别说一杯，多少杯我都请！烧鸟们，咱们交朋友吧！"

"那我等着上等好茶喽！"

可里美尔武官一时间没明白我的话，他在管制 AI 上搜了"茶叶"，又往光屏一看，面露难色。

"依赖性药物啊？这些东西，宪兵队管得很严呢。"

里美尔武官的犹豫马上就被下属打消了。

"我可不想别人说我们海军陆战队怕那些龟缩在舰艇里的宪兵，武官大人您说呢？"

"我们，我们海军陆战队怎么会跟外交氏族一样……我们得说到做到。"

里美尔武官哼了一声，摆手说："海军陆战队之魂的亮点、理念就在于此。但你们确实救了我们，我会发个海军陆战队专用速递，无论如何给你们送去。"

说完，他对着驾驶座喊："喂，驾驶员，记得把刚刚的话删干净，别留在记录里！"

"司法氏族也插一脚，真烦人！"里美尔武官耸耸肩，笑了。

看来，全银河系都讨厌那些挑自己人毛病的家伙。日光底下无新事。

"通知：穿梭机已着舰，舱门正在打开。"

穿梭机刚着舰，我就感受到了舰队标准人工重力，这比巴尔加的舒服多了，我喜欢。

真愉快。我经历过了破事，但还活着。我活下来了，而且还跟一个战壕里待过的商联人有了神奇的关系，这关系不知道怎么说，反正不坏。

接着再把帕普金揍一顿，这事就算完了，很好！

我正穿过穿梭机停机坪……没想到，在这里也能碰到朋友，他们穿着笔挺的装甲服，看着十分讨厌。

"我们是商联军舰队宪兵部，所有人，不许动！"

可恶！

CHAPTER 5
第五章
法治

商联,是伦理道德的体现者。
——商联的自我认知

商联军舰队司令部——紧急／最优先

- 在巴尔加星大叛乱中，或有严重违反军法的行为。
- 或实行了屠杀。

——WP弹使用问题热议中。

——（最优先）或造成大屠杀的轨道炮击，其请求曾获合法许可。亟须调查。正逮捕撤退归来的主要涉案人员。

——或在市区进行了无差别炮击。

作为应急措施，已根据《商联领域公正秩序恢复法》颁布相应紧急治安命令。已试图通过报道管制封锁消息，但无法全面控制。我方违反了列强公认受保护种族保护程序所约定的监督行为，此事已败露。

——补记

下回让他们备好尿布！

司法氏族记录

A：那是屠杀！是种族歼灭战！灭绝人性！

B：我不清楚，巴尔加星上区区骚乱，怎么就成歼灭战了？

A：正在确认状况，严密追查轨道炮击经过。

B：我窃听到那是种族灭绝，可以封锁消息吗？

A：其他列强多少能刺探到一些。

B：明白，就让那帮傻大兵负责吧。

典礼氏族内部日报

  我们必须探讨军事氏族在巴尔加骚乱中失态一事。普通军事审判足以维护法律尊严，但考虑到事态严重，我们认为，可通过公开审判以示公开透明。

  然而，军事氏族只会动武，司法氏族只识法条，各氏族根本不可能一同定下适当的解决方案。财务氏族会付劳务费吗？他们那种人，只认钱不认人。求他们就是白费工夫。外交氏族事态判断失误，让他们承担一部分责任？他们能做的也就是背黑锅了。

  哪个氏族都来给我们找事！快跟联盟废物一块儿意外身亡吧！

海军陆战队战术业务群聊（已删除）

  RM1：又来了，司法氏族和外交氏族又让我们背锅了。
  RM1：我想给烧鸟辩护。你有律师资格，上！
  TCO2：RM1，你要给"快餐"辩护？疯了？
  RM1：TCO2，他们尽职尽责，别叫他们"快餐"。
  TCO2：啊？你认真的？
  RM1：当然，哪能让甩锅人渣得逞！
  TCO2：明白……战友，我上了。

商联事务官日记

  官僚战线，并无异常。

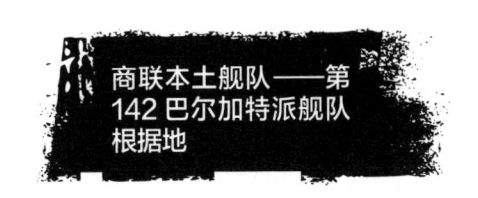

> 商联本土舰队——第142巴尔加特派舰队根据地

结束巴尔加行动后,部分舰队返回根据地。表面看来,舰队返航只是按军事行动标准进行轮班,补给、整编、休养。

但当事人都不傻,不信事情那么简单。熟悉商联标准的人都觉得"巴尔加事变"有些蹊跷。

在明哲保身上,商联的官僚组织确实优秀。

自立规则,自创术语,有独特的历史,还能无限繁殖。不恶毒,也不善良。标准化,一切都是设计好的。

也就是说,其组织文化极具商联风格,这一点非常重要,怎么差点忘了?

而且,商联人向来优先考虑一己得失。在他们眼里,"巴尔加事故"也只是讨价还价的对象而已。

司法氏族、典礼氏族、外交氏族、军事氏族、财务氏族各自的,或是各氏族共同组成的官僚组织,其长处及弱点跟商联极其相似。

就是这种情形下,商联人还是商联人。氏族之间互相残杀,让自身利益最大化。各组织一直暗中行动,为氏族利益争夺主导权。

当然,他们觉得这里的事不过是"故技重施",还以为自己看得透彻。毕竟在商联官僚眼里,先例就是金科玉律,不可颠覆。

其实他们积累了大量经验。

商联其他氏族都熟知军事氏族的思考模式,就连里美尔武官的反抗也并不新鲜。保护下属这种想法在商联里确实反传统……不过,商联官僚组织都知道,军事氏族的海军陆战队成员脑子不正常。

他们甚至已经料到武官会极力争辩,保护下属。至少,他们对军事氏族的里美尔武官了如指掌。

但他们一直都忽略了一点。不正常的家伙往往会在意想不到的地方冒出来。

……他们清楚历史,但不懂眼下要发生的事。

比如说,一个"地球人"的图谋……他们怎么可能知道?

我有些气喘,还有点累。

不服老不行了。

我，瓦沙·帕普金，还以为自己一直都了解肉体的衰老。

但实际感觉才是最震撼的。痛苦之余，还有些惊讶，甚至失望。原来自己已经这么老了。

这是商联军第142巴尔加特派舰队专用会议室，约的人来晚了，室内只有自己……可帕普金很累。

循环系统的设备维护经费应该是削减了，这空气不行啊，只勉强算得上干净。

自己这么辛苦，就是不想老。

长期的太空生活本来就不适合人体。也不知道是谁设计的，让人体缺乏扩张力。再怎么努力改变，人也是生于地球，长于地球，然后在地球生活。

太空生活让人老化，人在太空比在地球老得快多了。这么看，以前进入太空生活更艰苦，居然都习惯了，真有些怀念那些不适。

就算再怀念，以前就是以前，我只能活在当下。身体是老了，但所幸，增长的智慧可以弥补逝去的年华。

想到这里，帕普金苦笑了一下。

心底里那个清醒的自己知道，自己长的哪是智慧，是邪恶，是狡猾。他手里没什么牌，无非是一些骗术，玩弄诚意，隐藏真心，满嘴狡辩，真是一手烂牌，惨不忍睹。

自己会让母亲骄傲吗？怎么可能呢？手里的牌再多一些，那该多好。可入了局，拿到什么牌都得打。

巴尔加事变——说白了就是借骚动开展屠杀的"机会"。

伺机屠杀?帕普金也不能彻底否认。

外交氏族说得好听,他听着,嗅到了良机。让K321小队尽量带上重型装备的,正是他这位"厨师"自己。巴尔加战事一触即发,他把全部身家投进去,想要中个大奖……就是伺机屠杀吧。

不过,帕普金做梦也没想到结果会是这样。收到消息的一瞬,他惊呆了。

K321小队把事情搞砸了。

他们干的好事,让商联统治组织猛地一震。

当然,商联当局得知外交氏族特使遇袭后也相当惊讶。列强都知道,击杀外交官等同于自杀。

可……跟这事一比,炮击的影响力大得多得多,地壳变动也不过如此。

对商联域内的巴尔加星实行轨道炮击,这种极端野蛮行径就跟质量弹一样,一炸,别的事都不算事了。

事态如此,全盘剧变。巴尔加人的尸体就是涉事者的罪证。

这事能利用吗?用这事垫脚,未来就有希望了。

"……成败在此一举了。"

帕普金深呼吸,确实有些气喘了,真讨厌。他甩甩头,只见里美尔武官筋疲力尽地进会议室来了。

"让你久等了,厨师。不管怎么说,这回事大了。"

里美尔武官声音有些低哑,不仔细听还发现不了。看来,这位军事氏族的武官为这事相当费心，耐心都要磨没了吧。他在帕普金对面一屁股坐下，开骂了。

"外交氏族和司法氏族的人渣手上都不干净，还联起手来！简直不堪入目！"

"他们该洗手啊，您给他们说说吧。"

"别扯什么比喻装傻充愣了，你清楚情况吧？他们要让军事氏族负全责，打算盘还打得明目张胆的，真是大开眼界！"

"您就说一切都是外交氏族特使阁下的命令，如何？"

里美尔武官听了，点点头，再骂："事情发生了就否认不了。既然否认不了，就得拉个顶罪的。"

"外交氏族无意当替罪羊？"

"对，那也不能叫我们去顶罪。但是，厨师，我说过……现在情况不妙。"

"为什么呢？"

"你知道我在听证会上重申了多少遍那是'烧鸟的请求'吗？他们是因为相信那不会违反 ROE，才请求对巴尔加轨道炮击的。"

里美尔武官是为了给烧鸟辩护才专程把自己这个厨师叫来的……这个里美尔，根本不像商联人。

我正想让手里的烂牌翻盘，里美尔来得正是时候。

"事实上呢？违反了？"

"我方在场的军事氏族法务官都说违反了。厨师，最后一个问题，烧鸟为什么会违反 ROE？"

"为什么？什么意思？"

"记忆转移装置应该已经在烧鸟大脑里写入规范和回避意识了。违反 ROE 这种行为，'快餐'……"

失言了，里美尔武官突然噤声。他是在照顾我这个地球人的感受吧，我没说话，只是听着，他又开口道："烧鸟小队不可能轻易违反 ROE。写入大脑的法令规范意识约束力极强，其强度设置原本就是超出必要程度的。"

里美尔武官见帕普金点头，继续说："没有人会，甚至没有人能怀疑记忆转移装置的完善度。有人甚至提出应该对烧鸟进行活体解剖，确认大脑结构！"

"哦，您是觉得没必要？"

当然，帕普金堆出满脸笑容，但言辞句句确凿。

"不是烧鸟无视了 ROE，也不是记忆转移装置出了错。原因很简单，就是 K321 小队烧鸟脑中没写入 ROE。"

"……您是说，请求轨道炮击的烧鸟们完全不懂 ROE？"

"对，就是说，他们在火星厨房里只学会了斯里兰卡语。含 ROE 的标准战斗课程并没有转写到他们的记忆里。"

没想到吧。里美尔武官合上眼，狭小的会议室里响起他重重的叹息，片刻沉思后，他带着困惑开口了："最近的疑点太多了。厨师，你知道原因吗？"

"那是新教育程序，就是烧鸟自主战斗力提升计划。K321 他们的知识不是写入的，是思考习得的。"

"这样，怪不得。所以出了那种事。"

武官不大高兴，但并不反对，抱怨的口吻听着挺真诚的。

帕普金想探探武官的口风，张了张嘴，还是没说话。

他知道自己渴望肯定的反应，这有些急躁。武官的话里有鼓励烧鸟思考的意思就好了。

但要是没有呢？

帕普金脸上带笑，看似轻松，可他心里紧张，等着武官的反应。

"……不出那种事，我们估计没命在这里烦恼了，道德作战，肯定会全军覆没。"

里美尔武官绷着脸，继续骂道："什么道德判断，活人才有资格说话！现在这样，也比我任由下属遭老鼠咬强百亿倍！"

"有您这话，新教育程序有希望了。"

帕普金淡淡地附和道。他要尽力装出一副事不关己的样子，毕竟，压制心中的喜悦相当不容易。

"不过，冒犯地问一句，你是怎么把未写入 ROE 的烧鸟送入军中的？就算是实验计划，官僚制度会批准吗？"

"谈不上批准。"帕普金耸耸肩，"没有批准，交付规定里就没有 ROE 相关条目。"

里美尔武官眨巴眨巴眼，一时无语，最后大笑起来。

"多亏没有，我们才能在巴尔加捡回小命。规则的漏洞有时候还能帮大忙。"

总之，武官并不反感。就当前局面而言，巴尔加陆战指挥官的态度让帕普金挺意外的。

"厨师，做好辩护安排。他们是我承认的下属，我不会见死不救。"

"确定吗？武官，您已经自身难保了，还要管他们吗？"

"我是指挥官。指挥官被追责，理所应当。为下属部队辩护，也是义不容辞。"

这话说得斩钉截铁。里美尔武官毫不犹豫，可下一秒，他就沉下脸来。

"……赢得了吗？"

"赢？跟谁比？"

里美尔武官以为自己听错了，一脸震惊地盯着帕普金。

"赢官司！就算提出酌情抵销过失，收效也是有限。或者就说他们精神异常，没有刑事责任能力……可是在商联法庭，只有商联氏族开具的临床报告书才可作为证据。"

"那就不能证明烧鸟的精神状态了吗？从地球把精神科医生和美国精神医学学会的《精神疾病诊断与统计手册》带来也不行吗？"

"那是地球的精神疾病类学术期刊吗？"

帕普金点头，里美尔似乎很感兴趣。

"能找到的话，我先看看做个参考。有斯里兰卡语版的吗？"

"几乎没有。其他列强语种连相关的说明都没有，大概是因为有翻译器，当地语言写的东西也能马上看懂。"

掩饰不住失望，里美尔武官说："法院是不会看的。严格来说，他们就是走个形式，过目一下……肯定不会受理。起码送去未经认证的独立研究机构审阅是不行的。"

帕普金觉得里美尔武官的话说明了一切。

在商联眼里，地球人的研究不值一顾。商联人真心不信那些不属于氏族的"辖州平民"能正经研究出个什么名堂。

像里美尔武官这种正眼看地球学术成果的商联人，少之又少。

"还是得把重点放在避免死刑上。可是……把尽职尽责的士兵彻底当成疯子，给外交氏族擦屁股？这不符合我海军陆战队的道德观。"

"冒犯了，那武官您会怎么做呢？"

"实用为上。至少不能让被告被枪毙……"

犹豫和苦恼。

作为指挥官，里美尔武官从不轻松。

帕普金深知鱼和熊掌不可兼得，而且自己也很矛盾。面前的外星人那么善良，帕普金觉得自己很污浊，很讨厌。所以，更不能在这里搞砸了。

"抱歉，能问您一个问题吗？"

"有提议的话，但说无妨。"里美尔抬头，接着说，"庭审就是战争，能保护被告的弹药越多越好，你说说看。"

"那我还是不说了。"

"什么?"

"刚才我就觉得奇怪……武官您究竟凭什么打、怎么打这场仗呢?屠杀罪被告人的辩护律师团是为什么会组成呢?里美尔武官,您也是被告人吗?"帕普金语出惊人。

"厨师,别玩文字游戏了!你想说什么?"

"武官,我说了,文字才是最重要的。您是被告人吗?"

帕普金开怀大笑,像是听到了天大的笑话,他笑得浑身发抖,看着很开心……反常极了。

见里美尔诧异地盯着自己,帕普金把手一拍:"对,这就是重点。抱歉,我再重复一次……您是被告人吗?"

帕普金表情愉快,不可多得地把诡计和盘托出:"哈,不对,因为武官您是海军陆战队的人,是有着非商联传统的人……"

帕普金是人类,烧鸟从学术上说也是人类。但在商联,前者是"厨师",后者是"烧鸟"。

两者的差别很简单,不涉及本质,却往往具有决定性,在法律这种人定的条文里更是如此。

所以,瓦沙·帕普金笑了。

法律条文生出的效果,往往连起草人都想不到。

"被告人?你是说,法庭会把烧鸟认定为被告人?"

法院

庭审过程太烂了。

要我说,这庭审跟闹剧似的,烂得彻头彻尾。

猫检察官一说话,我就听明白了。

这只贱猫要掩盖罪恶。

他嘚啵嘚啵地说得那么快,还让人渣帕普金作证,打算盘也打得太明显了。

总之,他们要编个故事,让我们当反派。

为了圆谎,他们个个满嘴喷粪,那是相当难闻啊!臭死了!好歹刷个牙吧!

帕普金不中用,辩护团没干劲,检察官耍我们,真想把他们都杀了!要是击针式步枪在手,那就简单了。

就跟灭鼠一样,都用不着连发,扣三下扳机就够了。

可我手上连迷你枪都没有，难过。

哈，我还逞什么强？

现在我还能怎么样？动也动不了，还要被监视。在日本上庭也被押着，可哪有现在夸张，我就是想动手也动不了。

诶？我突然想起个事。

浑蛋帕普金在伦敦太空港调侃过，日式腰绳不适合我……难道他觉得商联式刑具更配我？

气死我了。眼前的一切还是老样子，依旧上演着无聊的闹剧。

反反复复，一句又一句，都是定好的。

"辩护方是否需要进行询问？"

"审判长，我方可以对该证人资格提出质疑吗？"

"检察方？"

当然可以。检察官头都不转，只斜视着审判长，高傲地点点头。这脑残猫，很放松嘛，真碍眼。

啧，我连呲嘴都呲不了……不然一定骂死他。

确认？

嗤！这庭审，怎么回答质询早就定好了，还有什么可担心的？

就这种无脑闹剧，还一大堆人一本正经地坐在这里演，真是疯了。

"辩护方，请继续说。"

审判员让辩护方发言。发言，不就是扯些毫无实质的反驳。

他们象征性地反驳一下，检察官又随随便便回答一下，按着剧本演而已。

几个蹩脚戏子凑成一台戏，审判员看着还挺满意的。

这种无聊的校园短剧都能看得有滋有味，我服了。

光顾着想了，结果没听到辩护方扯了什么玩意。

"啊？"

疑问声响起，吸引了我的注意力。

一不留神，我没听懂检察官说的话。

那是斯里兰卡语吗？

那猫刚刚说什么？

"检方，我再问一次。关于该证人，这位证人到底是以何种资格在此作证？"

检方顿时无话。还以为他饶舌多厉害呢！也不过如此嘛，辩方一问就暴露了。

"'泛星系通商联合护航委员会指定行星原住智慧种族管理局选定业务承接机构——联合国及总督府高级专员事务所联合认证机构认证的特殊太空安保产业泛人类管理负责人'这一认证资格是质量管理部门吗？"

哟，居然来这一出？刚刚到底发生什么了？

"不好意思，请问辩方要说的是……"

"直接地说，我方从一开始就有疑问……请问，这场庭审为什么存在？我等不太明白。"

"你说什么？"

审判员的疑问极具代表性。整个法庭的人,包括旁听席、被告席,没有人明白辩方的话。

……下面是什么剧情?我等不及了,接下来呢?

这一刻,我知道剧情走向变了,形势变了。到底是怎么回事?那帮狗子律师到底想干什么?

"当然,我方并非蔑视法庭权威。我方怀着对商联法律由衷的敬意……"

他们要说什么?全场瞩目之下,狗律师毕恭毕敬地说:"我们辩护团必须就该法庭开庭原因,也就是诉因提出疑问。"

这个疑问,审判员也不能无视,他轻轻摇头道:"请详细说明一下,你方并不是主张被告人无罪吧……"

"当然不是。首先……被告人?到底哪里有被告人?"

这话是什么意思?只见律师在窃笑。

听到这里,我从来没有这么兴奋过!

这些律师,把审判员和检察官都当傻子耍呢!

太好了!太妙了!这样的律师,信用币没白给!

"辩护团?"

"在。审判长请说。"

"被告人不就……"

在哪里嘛。光看审判长的表情就知道了。但是,狗头律师又开始滔滔不绝说起来:"容我补充。被告人并不存在。"

"辩方你们说……"

"连被告人都没有,居然还能开庭?商联公款那么宝贵,再浪费也要适可而止吧！我们应以公务氏族特别渎职罪控告检方。"

瞧瞧！不愧是军人！安排好了似的，辩方开始叹气抱怨："公款这么经得起挥霍，就该拨给舰队，用到护航还有循环系统上呀！"

一个狗子装腔作势地慨叹经费少了："当初咱们轨道空降之后，分的粮食本来就少，经费一减就更难吃了……该减经费的地方弄错了吧？"

还有一个狗子不停地叹气。

我也想骂，伙食太难吃了。顿顿"超满足"，英国人中的英国人都会掀桌吧。

之前我就隐约觉得，海军陆战队里应该有神经、味觉还正常的人。

我正感谢这个太空大发现，军事氏族的人还在继续骂娘："辖州武官说过了，公款支出很严格，一半的必要经费都得自掏腰包。越往边境，纪律反而越严明，这都叫什么事啊？咱们商联以后肯定国泰民安。"

居然还讽刺中央？这下，审判员急了眼，警告说："辩方！慎言！"

"十分抱歉！！！我等诚挚道歉！！！"

异常整齐的回答气势非凡，威震全场，一下就把审判员的气势比下去了。

"审判长，这一堂无被告庭审什么时候结束啊？请您告知。"

"我说……辩方,你在说什么?"

听到检方提问,辩护团继续说:"本法庭是把那边可怜的烧鸟,可怜的伊保津明定为'被告人'吗?"

我听了一头雾水。

说的都是什么话啊?

但听到检方仓皇失措的声音,我才确信……庭审风向变了。

"稍、稍等、抱歉!"

看来,形势变了。检方那么狡猾、厉害,也明白了辩方所重复词语的含义。

猫检察官惊慌失措的表情,真是看多少次都看不腻。可我不能转头去看,太遗憾了!

我去你的!我要好好看看那死猫狼狈的样子,这个刑具就不能松动一些吗?喂!

"……审判长,稍等、请稍等一下!"

猫检察官突然想插一嘴说些什么,晚了!舰队和海军陆战队的人怎么会蠢到放弃到手的主导权呢?

"烧鸟的法律定位是'备用品'。我方要问的很简单,检方是要把备用品当作市民起诉吗?"

"你说'备用品'?"

审判员觉得奇怪。辩方抓住他的话茬,滔滔不绝起来:"假设备用品是枪,好懂多了吧。"

"明白了吗?"辩方继续夹枪带棒地说,"不是枪射杀市民。是市民开枪。那么，还没有市民用枪杀人，然后枪被起诉的先例吧？"

这比喻太刺激人了，也不知道有多少人听懂了。

但我理解对了。

"备用品／枪"说的是我，是我们烧鸟，K321小队，是所谓的"快餐"备用品。然后辩方的逻辑是责任在于使用我们的人。归根结底，责任在下令的一方。

"无视使用者，起诉备用品……外交氏族是打算这样检举吗？我方有足够的理由怀疑检方的精神状态。检方公然触犯公务氏族特别渎职罪，侮辱法庭权威，还大肆浪费公款，让人难以接受。"

他们不是在替烧鸟辩护，是在揭发外交氏族的罪行！

有生以来，我第一次见到这么戏剧性的庭审，第一次听到旁听席上这么热闹。

"肃静！肃静！"

哎呀！原来审判长也会大喊大叫。

怎么说呢，这次的庭审上新鲜事真多，我都要感动了。

"扰乱法庭秩序将被判处藐视法庭罪！旁听席，请马上安静！肃静！"

所有声音都进入了我深深的脑海里，这可比什么莫扎特音乐更能让人镇静。

真想静静地竖起耳朵听这些喧闹！

我正要享受，可没想到吵闹声那么短。看来，负责这次庭审的审判长也不是吃素的。

法庭一下就恢复了秩序。审判长勒令旁听席肃静这短短的工夫里，检察官定是为进行反驳想破了脑袋。

法庭安静极了。"继续开庭！"话音未落，检方就开腔了，誓要扳回一城："就算以商联人起诉烧鸟不合理，他们作为军队职工，的的确确违反了 ROE！检方依然希望法庭能处以公正的裁决！"

"违反 ROE？您是要更改诉因吗？"

辩方悠哉地问。干劲十足的检方提高音量："是烧鸟请求轨道炮击！这种行为违反了 ROE，十分明确，难以忽略，这是不争的事实！就算仅作为备用品，他们显然也是残次品！"

检察官慷慨陈词，真想看看他到底什么表情。我去你的！破刑具！这么有意思的画面，我居然只能听声音！

我恨不得捶胸顿足。这会儿，检方证人帕普金并没有退庭，辩方问他："泛星系通商联合护航委员会指定行星原住智慧种族管理局选定业务承接机构——联合国及总督府高级专员事务所联合认证机构认证的特殊太空安保产业泛人类管理负责人瓦沙·帕普金。"

"请说。"

辩方问得格外慢："请问，您是否有让伊保津明及其他 K321 小队成员研习过《商联军作战条例》等法律法规？"

"没有。"

"完全没有？"

"是的。除了斯里兰卡语，我并未将任何知识转写至他们的记忆中。"

"谢谢您的回答。"

帕普金的回答很简洁，辩护团听了十分满意。

"审判长，要求备用品具备未曾录入的功能……这不合理。如果是'商联人'，不知者也无法免罪，但他们只是备用品，他们只是按规定'排除对商联军的威胁'……这应该由命令者负责。"

事态严重，猫审判员的脸色显然是越来越差。相反，辩方的发言十分流畅："抱歉，我方重申一下……巴尔加事故中，商联军须按外交氏族特使阁下指示及命令行动。对了，还有，众所周知，商联军购入备用品时须遵守财务氏族与司法氏族共同制定的《公平交易规范规定》。"

猫审判员的脸色一定煞白煞白，虽然只是我猜的，但这也太太太爽了！

"商联军向来要求提高特殊太空安保产业质量……都未曾获批，事已至此，我方感到万分遗憾。"

这话听着像大吐苦水……其实辩方可开心了。他们穷追不舍，继续补充："我方准备了财务氏族及司法氏族的《公平交易规范规定》适用者名单，还有外交氏族巴尔加谈判负责人名单。"

干得好！太好了！辩护团！

我要喝彩！我要鼓掌！要不是被铐着，我一定拍手大笑，手舞足蹈。

"名单上的人员无一成为被告，太奇怪了……检方高见如何？综上所述，我方结论是，"辩方顿了顿，继续用语言轰炸法庭，"归根结底，本法庭到底是为何而开？"

一锤定音。我就直接说结果吧。

法庭当日审结此案，宣判我们无罪。

我做梦也没想到自己会有感谢律师的一天……打出生以来第一次，我得到了无罪判决并获释。

法警们好像不知道该怎么安置我，只让我先在商联军接待室待一会儿，说完他们跑了。

我不明所以地等着，其间跟K321小队其他人说了刚刚的事。

毕竟他们跟我不一样，没看到那么精彩的剧情，也不知道为什么被放了，一头雾水。当然，我不知道紫涵怎么想。

我正给他们说好消息时，帕普金来了。

"哎呀呀，恭喜各位！无罪释放，真是可喜可贺！"

他脸上是无懈可击的笑容，眼里却没有一丝笑意。我们是鸡，他就是蛇，要把鸡蛋囫囵吞了。

他是人渣中的人渣，没人比他更诡异更可怕了。我要把他的照片贴在击针式步枪的靶子上。

我是想揍他，但我要先问最要紧的："帕普金，你小子……全部，什么都知道？"

"没有，我是借了你们的光呀。"浑蛋笑眯眯地说，"我的任务实在单调。各位开了道，我就跟上，仅此而已。各位，我很感激！"

帕普金重重地低头道谢，我的心情也跟着重重地沉到地底。

"感激？"

"你们给我开了路，我至少也得口头上道声谢吧。"

他不道歉，反而感激？太厉害了，人渣！

"你他妈的！"

忍不住了！我挥起拳头。

"好家伙！干他！"

泰隆看热闹不嫌事大。他是个招架老手，一下就挪到候补位准备接替我。

帕普金也好，旁的人也罢，来了就是一顿拳打脚踢。哼，这浑蛋，说到做到，也算光明正大。

"一拳给你打趴下！"我的拳头落在……先落在肚子上。我要看着他的脸，所以一拳打在他肚子上。

他会躲还是挡？结果他什么反应也没有，居然生生挨了这一下。我一阵后背发凉，瞪着他的脸，真的太恶心了。

他脸上写着"喜悦"。啊？这浑蛋没病吧？

"你干吗笑得这么恶心？"

"我很感动啊。"

他歪着脑袋，跟演喜剧似的，戏谑地说："你有这样的权利，而我，有这样的义务。就像你们日语说的'因果报应'吧。"

"还是这么能说会道啊，浑蛋。"

"谢谢夸奖。"帕普金不说话了。我早就想到会这样。嘲讽的话一点都没刺到帕普金。

"咱们所有人都耐心演好了这场闹剧。眼前不过一只蚂蚁，你们把它当成了大象。大家都辛苦了。"

"什么？"

混账帕普金没疯吧？

"不好吗？咱们靠嘴说赢了商联人。这么大的收获，我挨你一拳，就当支付你的报酬了。"

他还挺得意的，听着就火大。阿玛利亚也有同感，嘲讽他说："……瞧你这套说辞，太像商联人了。"

"在商联工作久了，管你愿不愿意，都会这样的。你们也是，以后就会发现自己也变成了这样。"

阿玛利亚说得咬牙切齿，但到帕普金那里就成了耳旁风。

他很淡定，甚至是游刃有余。讨厌死了！泰隆骂道："别把我们和你相提并论！"

被骂的帕普金只是耸肩。

"工作做得好，报酬就要跟上，这道理再简单不过了。各位，聊聊奖金吧。"

这转移话题也太刻意了。"骗人吧，"我和泰隆不约而同地反问，"你说奖金？"

"明，你听到了吗，骗子说了什么？"

"喂喂喂，我可没骗过各位。我先给你们 K321 好好说明情况，打点好相应的待遇而已，这是我的工作。"

他骗过我们一次？

其实，他没骗过我们吧？

"首先，请你们到火星去，不要这么戒备。当然，我会给你们说明。"

"真的？"我插了一句，"你是叫我们安心相信你？"

"那就太好了。"

埃尔兰多听了也目瞪口呆，脸皱成一团。

"我说实在的吧，帕普金先生，你太不可信了。你让我们信你，就跟克里特岛人说自己撒谎一样矛盾。"

"这是直接否定我？说话可不能这么伤人，我这样的老人家啊……是有难处的。"

厚脸皮的帕普金无人能敌。阿玛利亚对着地上叹气，面露凶光瞪着他。他似乎丝毫不为所动。

紫涵露出诡异的微笑，注视着他。他一动不动。

埃尔兰多就这么皱着眉。泰隆扭过脸不理他。

但该死的帕普金一点都不在意，继续说："随各位的便吧，这是你们的自由。不过，你们起码听一下合同和工作的事吧。"

"哦？工作？又让我们往粪堆里冲？"

"需要的话确实要去。但不总是那些事。"

帕普金手一拍，笑了。

见他笑了，我不由得皱起眉。是该惊讶呢，还是该怀疑呢？这家伙的眼睛平日里就跟冷血动物的一样，现在居然有了暖意！

"工作就是去火星参加学习会。你们要学习商联法律，还要上伦理道德课。"

这话狗屁不通。帕普金自己说完还点点头。

不等我们问，他就又自顾自地开始胡扯了："你们是无罪获释了，但商联不能任由烧鸟不懂商联军伦理道德。所以，领导指示，给你们尽快导入必要的知识。"

"有道理。"

紫涵面如死灰地嘟囔了一声，帕普金听了很满意，回应道："所以，你们就到亲爱的火星上，好好地学习。你们要快点达标哦。"

亲爱的？好好学习？在火星上？

帕普金说得怪认真的，加上他的态度，这实在是太不真实了，让人反胃。他那笑容也太恶心了，受不了。

他一笑，我就得投降。

说明结束，帕普金就要离开。他一边正要走，一边嘴上不停地嘟囔："……接下来怎么办呢？"

"帕普金你说什么？"

"没事。我也是人嘛，被打了也会想发火的。"

他摸着肚子，嚷着好疼。这人的反射弧太长了吧？活该！

我嘛，就礼貌地对待他，具体来说，就是向他致以暖心的问候："哈！你活该！"

帕普金让 K321 小队留在接待室，自己回分配给他的单间去了。路上，里美尔武官迎面走来，帕普金觉得眼熟便停住了脚步。

"厄古斯跟我联系，说了你很多事。老实说，我不确定这个结果是不是最好的……但也不坏吧。"

"那太好了，"帕普金笑笑，语气轻巧地说出心里盘旋已久的问题，"可怜的巴尔加星会怎么样呢？"

"不会怎么样。是他们先袭击了我方外交官，法务氏族会立刻要求惩处巴尔加，最后就是行星封锁。"

里美尔武官把想的一股脑全说了，疲倦地摇头。

"后面怎么样，都跟咱们无关。就这样吧，厨师。"

果然。

无关……跟商联人是无关。

但自己是地球人。

自己得牢记巴尔加人主权独立运动失败的下场。

里美尔武官无意中透露了他的"冷漠"。巴尔加人接下来的命运都跟这位善良的武官无关了。

他尽心为烧鸟辩护，不过是因为这几个烧鸟在他麾下。

也是为了借此良机，让军事氏族可以在庭审上狠狠打击其他氏族。他提出烧鸟被用作备用品这个问题……也只是提出而已。

说到底，他也沾染了商联的傲慢而不自知。思维定式真的太限制思考了。

越想越远，远得头晕。

一路上，帕普金模糊地回想着。到了单间，刚坐下，他就自嘲起来："老了。"

从前，只要有人向他提问，他就觉得那是一种胜利。

可现在的自己并不满足。

"再进一步，唔，两步吧，那就太好了。真讨厌，人上了年纪就越来越没耐性了。"

自己跟个怪老头似的。

帕普金真心怀念从前那个还没有商联的时代。自己如果生在当时，会有怎样的人生呢？

不对，严谨地说，应该是"还没出现"的时代。不过，对地球来说，"还没有"和"还没出现"没什么区别。"发现日"之前，"地球上的商联"根本不存在。

"现在更能理解我国对苏联时代的怀念了。"

正因为对现实不满，才会怀念昔日辉煌。尽管自己清楚现在只是现在。

"哼，那又怎么样？明那混账还不是给我大干了一场。"

自己这个老头子还得了犒劳。

肚子疼死了,浑蛋!

CHAPTER 6

第六章
烧鸟

致焦煳的烧鸟,干杯!
无名氏教官

跟来时不同，回火星时一路无事。耳边是莫扎特炮击，还有管制AI在大谈伦理道德。

很明显，商联担心我们听不到音乐或说教会情绪激动。

商联当局有妄想症吧？真是天大的笑话。

我可是无罪获释！怎么能不开心？我们就算是残次品，那也是被这音量震残的。

这一路上，我深刻明白了音乐就是害人的。

之前积了些困意，我在路上小睡了一会儿。见我表情不对，莫扎特的音量升到了120%，见我没醒，音量还提高到150%。

我抗议又抗议，但莫扎特咒语还是念了一路。

啊！！去死。原来是这样，怪不得帕普金在签约前特意反复提醒我。

我现在是忠实的反莫扎特主义者,也是重度茶瘾者。

到了熟悉的火星太空港,总算能摆脱莫扎特了,我爽快得要跳起来。

迎接我们这些"退货"的,是无名氏教官的灿烂"笑容"。

他肯定不只是来收货的……果然,他还负责给我们授课。

老实说,我心里有点害怕。这个"温柔的教官大人",教课时就是用高级斯里兰卡语骂街。别说训练烧鸟了,他没准还适合当智慧型教育家。

我的疑问一下就消除了。我都准备好接受填鸭式教育了,没想到……他贯彻实战主义,让我们在演习场逐个论述想定作战方案,错一次就教,再错就要打……以前是没教就打,还是现在温和多了。

就是到了教室讲课,无名氏教官也是教学热情不减。

他的教导相当细致。

那些法律术语实在难懂……可教官一个劲地把商联法律知识往我们脑子里灌,是要我们变成法律专家吗?

除了听课,我们还要参加各类演习,居然还要在火星演习场上当其他烧鸟的假想敌。

这个短期学习强度太大了,算得上是我至今受过的最佳教育。

学习完毕,我们K321小队还在商联军厄古斯武官组成的"考试组委会"见证下通过了法律考试，顺利获得了"ROE已修认证"。

我考过了，听着挺开心的。

无罪判处，考试通过，唔……我在正道上往上走呢。想到这里，我心里一阵发热。

这么说来，我们怎么也得办个庆祝会吧？

别的不说，火星上有麦当劳，有新鲜烤好的餐食，咸香的薯条。我对"超满足"有生理抗拒，庆祝会在这里办就最好了。

然后，我们就到了麦当劳。大家在包间里啃着汉堡，互相祝贺考试合格……哼，英国女人就是不消停。

"真没想到！真的，埃尔兰多和紫涵就不说了……明，你居然挺能学！"

"啥玩意？！"

她是不是对我这个智慧的化身有什么误解？

这侮辱狗屁不通，我气得站起身，一脚把椅子踹飞，要不是隔壁有人大笑……我早就揪起她的衣领了。

"阿玛利亚，你赌输了。"

泰隆满意地大笑，阿玛利亚看着不大高兴，但也举手投降了。

"愿赌服输。茶和一顿麦当劳是吧，还有我存的通讯时间的一半……气死我了。"

"OK！阿玛利亚。噢！差点忘了……明，谢啦！"

泰隆眼神真挚，语气诚恳，看来是真心道谢。道谢也行，但你小子到底在谢什么啊？

"喂！谁给我说一下，怎么回事？"

"我来。"紫涵侧着头，微笑着说，"我们在赌你的无礼，赌你会不会因为学习发脾气，还赌你会不会合格。"

"……耍我呢？！"

泰隆乐呵呵地回应我说："哎呀哎呀，别生气嘛。你又没什么损失。再说了，紫涵赌你赢哦。"

"你可以理解为，我相信你的理智。"

这话听着不舒服，我别过脸，和埃尔兰多对上了。他以为我要逼问他，慌慌张张地摆手："我弃权了，我没赌。"

所以赌局双方是阿玛利亚对泰隆、紫涵，结果是阿玛利亚自己输了。

这样啊，不信任我的就阿玛利亚一人？真棒，我都感动了。

重重地点点头，我向泰隆和紫涵伸出手："谢谢你们相信我！二位，我的那份呢？"

他们靠我发达了，我也得分一份。汉堡我就不求了，薯条至少得有吧？

"没有！""没有啊。"

两个人同声否认。

"为什么呀？"

我忍不住问，泰隆嘚瑟地解释说："空手套白狼可不公平呀，下了注的人才会赢。"

"喂！你们这样真的公平吗？"

我愤愤地抱怨。紫涵歪着头，冷冷地盯着我："反过来说吧，你付钱了吗？没有吧。"

"说什么？！"

"赌局结果出来了你才嚷嚷要分一份？你是丑恶的米虫吗？"

这话好毒，但我居然认同。可要我老实听话……太气人了！

该怎么回答呢……算了。我不情愿地摆摆手。

"下次赌局带上我哈。"

"那怎么行？""不行。"

我刚啃了口汉堡，想着这事就算了。结果两个反对声一起传来，我愣住了。虽然不舍得狼吞虎咽，但还是把嘴里的肉赶紧吞了，开口问："你们俩！这次又是为什么？"

四个人都扭头不看我。又来了，又要拿我打赌了。我狠狠盯着他们，泰隆不情愿地说："下次就赌你在假期前会不会惹事。当事人下注就违规了啊。"

"够了啊！"我瞪着泰隆，"怎么只拿我打赌啊？"

"你不知道啊？唔，就是你不知道才拿你打赌吧。还有，不能告诉你谁赌哪边噢。"

"别问啊！"泰隆说着拍拍手。我死死瞪着他们，四个人都不看我。连埃尔兰多也跟着同流合污了。

拿别人寻开心，真是极品人渣。

"你们至少付我些信用币和茶当出场费啊，麦当劳也可以哦。"

"知道了，明。来，这是大家的一点心意。"

一包东西放到了我手上。

又是这个重量，还是这种包装，还有辣眼睛的斯里兰卡语商标，烦死人了。

"'超满足'？"

反正不是麦当劳之类的玩意。

"我好，你好，大家好！"

"好个屁！"

我们疯闹着，庆祝会也挺欢乐的……我们离最好的朋友差远了，但也相互熟悉，没必要装了。而且大家一块儿无罪获释，一块儿通过考试，现在也聊得开心。我的人生也在慢慢变好吧？

将来的事，我不知道，但这样也挺好的。

厨房　管理员区域

火星厨房的基本作用，就是对地球来的新人进行加工、检测，再把他们送走。

这里的一切完全没变。可怜的小鸡坐着定期飞船到火星，一个个脸色惨白，晕船呕吐，然后接受记忆转移装置的烧烤，成为烧鸟后到演练场测试，最后出厂。

一切都是既定流程。

正因为这样，好像也不能这么说……反正，我们K321小队这回学习有点两头不着边。说是ROE学习吧，唔，这也在训练内容里……但考试通过了，训练也就结束了。

说是训练吧，也不对，我们很快就要被派往下一个任务地点了。

我们肯定很快就要走了。

但规定是很奇怪的。商联军内部规则规定,"蒙冤被捕的军人(包括军队职工)"将"获得与被捕期间同等时长的假期"。

我们之前的军法审判持续时间不长……但假期还是有的。就这样,我们放起了带薪假。

军队通知让我们在火星休假,说是上头的决定,如果不理解情况也可以不休。都这么说了,那我就开开心心休假吧。

之后,我天天都在职工单间里躺着,一天一顿麦当劳吃着,去野外演练场慢跑一下,回来还能洗澡。当然,我还能喝茶,虽然不是想喝多少喝多少,但也可以把喜欢的茶叶尝个遍……老实说,这一天天的太快活了。时不时还跟大家一起吃个晚饭,打打嘴仗。

这就是假期吧。

一天晚上,我走在路上,正纠结晚餐是用"超满足"将就,还是吃麦当劳汉堡。

我其实还有很多的信用币,但"超满足"免费嘛,麦当劳是好吃,可那是真贵。

吃哪个好呢……

……厄古斯武官的狗头突然出现,打乱了我的思绪。

"明先生,跟我来一下。"

也不问我愿不愿意,那个商联人说完就走了。瞧他这态度,笃定我一定会跟上去,真气人。

算了,我也没有别的事,就跟他去吧。我还真猜不到他到底要说什么。

"我听说啦!"

"什么?听说什么了?"

"庭审的事啊!"走在前面的厄古斯武官开心地笑了。

"你们太厉害了!你们向全商联证明了司法氏族和外交氏族的愚蠢。估计很久都不会再有这么让我感动的事了。"

这话说得真直接,我听了忍不住笑了。这不是里美尔武官的话,难道,商联军武官都有点不像商联人?

厄古斯武官不知道我内心惊讶,自顾自地继续说:"那些总以为自己最聪明的蠢货跌了一大跤,真是大快人心!不过,我也不能因为同胞倒霉就感到开心。于公,军事氏族是商联中的一员,立场难堪。"

所以他到底想说什么,我搞不懂,我只知道他有事想说。怎么办呢?

厄古斯武官应该是看出了我的迷茫,突然停住话,摆摆手:"烧鸟,咱们交个朋友呗!你不会爱'超满足'爱得发疯吧,这家烧鸟店在厨房很有名,吃这个呗!"

说着,厄古斯武官径直往窄窄的街角走去。

眼前的这家店,我应该跟帕普金来过。厄古斯武官向墙边的认证装置伸手,厚厚的墙一下就开了。

跟以前一样,这里头是个神奇的地方。

一眼扫过去,这里还是这么窄,座位都在一个木质吧台前,八个人就坐满了。

吧台里……还是那个四十多岁的汉子。他好像已经习惯在这里了。我完全摸不清他的态度,也不知道我们进店有没有引起他的注意。

不过,依我看……厄古斯武官应该是这里的常客。他一进门就顺势往吧台边一坐,嚷嚷着开始点餐。

"别搁葱啊,我不喜欢抗阻药!"

下了单,发现我还没坐下,厄古斯武官招手催我入座。

鸡肉是难得的美味,又是他请客,我要心怀感激地大吃一顿。但在那之前,我得问一件事:"能问个问题吗?"

"说吧,烧鸟。"

"你是商联人,为什么要请客庆祝我的无罪?"

我是觉得奇怪,所以想知道理由,自然就问出口了。我无罪,我当然开心,可商联的武官会为烧鸟无罪而开心吗?里美尔武官怎么样我不知道,厄古斯武官呢?

厄古斯武官一听就大笑起来,笑得前仰后合,他说:"你是不是误会了?商联官僚组织不是有机统一体哦,内讧是家常便饭了。"

"……就算是那样,你们毕竟都是商联人吧?"

"我给你说说我们跟举报你的那个检察官之间动人的友谊吧。那家伙老是为难军事氏族,靠着给我们使绊子飞黄腾达,是垃圾中的垃圾。要是他上蹿下跳,我们就没好日子过了。所以我担心哪!"

我们正聊着,烤透食物的脆响声传来,要上菜了。喷香的烤串从吧台端出来了,我们不说话了。

我和厄古斯武官都想趁热大吃,我和商联的狗头军人又多了个共同点。

啃一大口鸡肉,咀嚼,咽下。

"烧鸟,好吃吗?"

"嗯!好吃……有人请吃这么好吃的,爽死了!"

"也是。"厄古斯武官点点头。

"我太感动,太开心了,所以就算花大价钱请烧鸟吃烧鸟也乐意。我说过的,以别人的不幸为乐。"

接着,他又突然补了句:"我们很倔强,永不放弃。"

说完,咬了口串。"嗯!好吃!"厄古斯武官又继续说,"复仇者特别健忘,他们压根没想到自己会遭报复。"

"那是说……"

"越是贱种就越爱偷东西。他们烂透了,还不停地膨胀。他们把人脖子扯断,那狠毒劲儿,联盟也得认输。"

厄古斯武官嗤笑一声,继续道:"我说的,你记着,会有用的。就这些吧,烧鸟。这是我的偏执和私怨吧。"

"我会牢记的,厄古斯武官。"

我稍稍低头,向他致谢。他又摆摆手,让我别客气。

"也是我让你来听我胡扯。好了,烧鸟,今天这顿算我的,尽兴哈!"

眼前的商联人手里拿着烤好的肉串,笑得正欢。这顿晚饭实在开心。

没花一分钱，吃了满肚子肉。我满足地钻进被窝，睡去了。

第二天，我们 K321 全员都被浑蛋帕普金的"叫醒服务"消息闹醒了。影像里，浑蛋满脸堆笑，恶心坏了。大早上的看这个，不好吧。

既然是带薪假期，那就应该让我们自由活动。这又是怎么回事？

我一边咒骂，一边不情愿地往指定会议室走去。一到那里，我更惊讶了。

帕普金笑吟吟地说出的话能吓死人。

"返乡休假？"

"对。规定说是一个月……但你们要检疫，路上又要花时间。当然，假期也会增加几天，你们在行星上也就住个两周。"

"好好享受吧！"

"能不休吗？"

"说实话，不能。这跟备用品维修保养是一样的。按照规定，是军法要求你们停工休息，你们就得无条件服从。"

前几天的庭审上，也说我们是"备用品"……这个称呼挺讨厌的。

简单地说，就是假期突然延长了，超开心！

"唔，还有各位的合约期限，你们回地球后好好想想以后的打算也好。"

哦，还要想想自己在哪里安身……我怎么办呢？现在也存了些钱，回日本？应该回去吗？还是干脆到外面闯闯？

这就是人生上坡路了吧？以前哪会去空想将来啊！现在，我可以思考光明的未来，太好了。

"帕普金先生，回去的船什么时候出发？"

"快了，泰隆先生。那是艘莫扎特音乐响彻舱内的标准货运船，返航时顺便把你们带回去。你们就安心吧，就跟之前一样。"

一听，我就笑了，也不知道为什么。

难不成他乐得见我们在这里吃苦？以他人不幸为乐的垃圾。

但他说的没错。

地球—火星定期货运船 TUE-2171 是运载我们从地球到火星的货运船，现在一点没变。商联重点广泛投放到星系内的 KP-37 系列，早就不陌生了。

到火星的路上也太难受了……从火星回去也不舒服，但忍忍就过了。

毕竟是回家路上。

回地球的这艘船上什么货都没载……空间异常充足，我们居然在船里也能用上单间。

这样一来，坐船也不差。

晚餐时，大家终于又围坐在一起，阿玛利亚心直口快地说："船里空荡荡的，没那么难熬了。"

就是，不用总是烦人地你看我我看你，大家在一块儿聊聊，吞"超满足"的痛苦也减轻了。

唔，宇宙飞船里，TUE-2171也算条件好的。

"也没有攻击话筒的智障。"

泰隆这话，我深表同意。隔壁的埃尔兰多也十分赞同，说："这样算舒服了，"他还不忘补充，"不过我还是想听听其他音乐家的作品。"

"我说，我们居然有标准的恩赐休假护照。"

"什么呀，阿玛利亚？"

"我们在地球期间用的可是商联公用护照，虽然比不上外交官护照……但比起联合国职员，我们的权限要更广一些。"

唔？确实是哦。

这是我有生以来第一次到手的"权力"，一点点特权，也没什么不好的。离开巴尔加之后，我的生活越来越好。我的人生，唔……有指望了吧。

"机会难得，能用就用吧。"

紫涵嘟囔了一句。

她这家伙以前被权力折磨坏了，为商联工作后又得了"权力"，这事真奇妙。

我还在沉思，泰隆自荐要给我们当导游。

"不管屏障多么坚固高大，只要能'芝麻开门'就好办了。各位，去我那里玩呀！我的兄弟们欢迎你们！"

"谢谢邀请，你不是不方便吗？"

听了阿玛利亚的疑问，泰隆得意地挺胸说："我说过，我跟家里联系了，都打点好了。不过你们别提巴尔加的破事啊，别让我妈咪担心。"

妈咪！泰隆五大三粗的，怎么叫妈咪？笑死我了。可其他人，就连紫涵都点点头表示理解。

……怎么回事……

"难得回地球，我也回家吧。"

埃尔兰多语气轻松。

"紫涵，咱们女孩子去环游世界吧？"

"好啊，两周假期，真要去的话可以来趟长途旅行。"

阿玛利亚和紫涵已经想着观光旅行了。

怎么大家都有想做的事？我惊呆了。

"明，你呢？"

泰隆问道。我想了想……我想做些什么呢？

"我没什么安排，唔，先回一趟日本再说吧。需要的话，回去看看社会福利中心那些脑残员工也好。"

那些人只顾面子和上下级关系，我要以"市民"身份好好"谢谢"他们。

我也不能拿他们怎么样，恐吓他们一下就够解气了。想想就开心，这计划不错嘛。

"你要复仇？好兴致啊。"

紫涵盯着我，很惊讶似的。她一直盯着我，怪怪的。

"你呢？从来没想过撕烂他们的脸皮吗？"

"算了吧。没皮没脸的人不会讲道理。"

"那可是商联，有讲道理的？"

紫涵听了呆呆地歪着头，这女人从头到脚都演技十足……现在好像不是装的。

"……不是，人家是个单纯的女孩子嘛。"

"紫涵，你说自己单纯？开玩笑吧？你要是单纯，俾斯麦和塔列兰都能是朴实的绅士了！"

"鬼才信呢！"埃尔兰多居然反驳紫涵，我和泰隆完全同意，其实阿玛利亚也并不反对。

可紫涵还惊讶地继续说："……你们想得太复杂了吧，我真的很单纯的呀？"

阿玛利亚受不了了，开口就问："说来听听，你……哪里单纯了？"

"好呀。"紫涵笑着点头说，"'宽恕'是心胸广阔的人才有的特权，我不知道那样的人有多少……但明只是去看看脑残员工？不去杀了他们，搞不好会树敌哦。"

她语气淡淡的，说得很自然。

"这么一想，我就嘲笑明了，说他好兴致。怎么样，我不单纯吗？"

哪里单纯了？你是认真的吗？紫涵，你这人也太可怕了。

就连平日里亲近她的阿玛利亚都拿她没办法了。她摇摇头，还叹了口气。

"……你这一点我是真不明白。"

"是吗？"

"是呀。"这回应回得没意义啊!

我接上泰隆刚刚的话:"泰隆,难得你邀请,我先回一趟日本……然后去北美找你?"

"好耶!买点土特产来呗?"

"行啊,想要什么提前说。"

"什么好呢……哦,我再问问兄弟们吧,他们可能有自己喜欢的。"

"好嘞!"我发觉自己还挺期待的,期待去旅行,期待自由……就连琢磨带什么特产去都是种享受。

地球——伦敦太空港

定期货运船 TUE-2171 按计划顺利到达，停靠在伦敦太空港。我们五个人前脚刚下，后脚小鸡们就洪流一样涌上船。

送去火星的小鸡还是这么多。员工们麻利地把人潮引上船，看都看晕了。他们手法非常娴熟，以前，不对，几天前，我在队伍里隔得那么远都能看出来。况且在巴尔加见识了乱糟糟的整队，我更觉得这里的员工厉害了。

另外，从火星返回地球的一边……冷清极了。入境管理的审查也极其简单。就我们五个人入境，而且我们拿的都是商联公用护照。

审查官一见护照，神色就缓和了，电子认证章一盖，完事。别说提问了，一句话也没有，审查官只摆摆手，让我们快走。

这就是伟大的标准恩赐休假护照，托它的福，我们一下就到了轨道升降机,出示护照就能乘坐了。

升降机转眼就平稳地落在了伦敦太空港陆上休息室,我们落地了。

阿玛利亚似乎很感动:"天哪,我们不用轨道空降,也不用周边警戒,直接降落到行星上就行了,太好了……真的太棒了。"

"我也这样觉得。"

我也同意女生们说的。轨道升降机太棒了,意想不到的平稳。没有敌人袭击,心里就轻快极了。行星降落永远这么舒服就好了。

气氛一派祥和,泰隆拿起手机,欢乐地笑起来:"没有通话限制了,真好。"

"给家里打电话吗?不用管我,你打吧。"

"谢谢你,明。有时差呢,大家估计还在睡,我提前发短信了。这手机我不大会用了,以前明明用得很顺手的。可能我太习惯管制 AI 了吧。"

阿玛利亚有同感,她挥挥自己的手机回应道:"这是让我们从科技最前沿回到石器时代呢。你喜欢吗?我就算了,电子设备嘛,我还是喜欢最新的。"

泰隆重重地点头,表示同意。

"真是的。科技发展是习惯了就觉得方便,反过来就没意思了。"

"就是……"

阿玛利亚深有体会地继续说："简朴的暖炉也挺有情调的。机会难得，各位，去体验一下昔日好时光吗？想去的话我可以带你们到大伦敦转转哦？"

她盯着之前一块儿表示喜欢观光的埃尔兰多。可埃尔兰多想了想，摇摇头。

"机会确实难得，但我去过了，算了吧。这次我要回家。"

"对呀，"泰隆接着说，"不巧了，我也是，我要赶紧回去和兄弟们团聚。"

我嘛，没必要问……阿玛利亚像是早就知道了，说："明肯定没兴趣让我带，是吧？"

"厉害呀阿玛利亚，你怎么这么懂我呢？"

"经验之谈。我们一起待了这么久，早就知道对方什么德行了。"

也是，我笑着点点头。

第一次见面我就讨厌这女的。就算要观光也不跟她一块儿。

"相互理解，好事啊。"

"嗯，垃圾间的相互理解，万岁！"

没错。第一次见面我就讨厌她。相互加深了解真的太好了。能这样你一句我一句地胡扯也挺好的。

"各自上飞机前喝个茶吧，难得到伦敦，来个下午茶呗。"

算了，她在垃圾里算好的，我也不是小气的人。

"嗯，可以。"

我立马答应了。陪陪你嘛，我不介意，这点气量我还是有的。就这样，我跟 K321 各位品尝了点英国菜。

　　说真的，这些菜都比"超满足"好吃……但火星上的烤鸡肉串依然稳居美味榜首。下次有机会还可以在日本尝一下烤肉串呢。

　　我正想着，时间到了。我向出发大厅走去。

　　我是十三号登机口，泰隆是十四号。我的航班先出发，泰隆要来送我，他真是太规矩了。

　　"再见。假期愉快！"

　　"泰隆你也是，之后我会联系你的。"

　　"嗯！等着你哦！"

　　"再见。"握手过后，我上了行星内航班。第一站，日本。到了我就逛一逛吧。

地球——东京出入境口岸

"本次航班现已到达东京新统一羽田机场。"

机舱广播响了,我抬起脸,甩甩头,让自己清醒清醒。看了看手机的时间,飞机有些晚点了。

怎么回事,我竖起耳朵听……可能是听惯了斯里兰卡语,现在日语、英语听着感觉叽里咕噜的,听懂了又像没听懂,怪怪的。是先广播的英语?要是加上斯里兰卡语广播就好了。

早知道这样,就该让帕普金借他戴的翻译器给我。

但我还是懂日语的。按照指示,我从行星内飞机来到了新统一羽田机场,往出入境口岸走去。

我有些饿了。难得来一趟,入境后先去麦当劳吧。幸好,我现在手头宽裕,有钱真好。

想买什么买什么。

这就够了。

吃什么好呢？好纠结呀！

在太空里顿顿"超满足"让我很不满意。现在嘛，狂吞牛肉？虽然是跟帕普金爱好相撞，不过咸香的薯条也不能忘。

唔，也不知道新统一羽田这个小航站楼里有没有烧鸟店。

算了，先入境吧。

这是我第一次从外头回日本，不知道流程。有些机器，不知道是什么装置，机器前有很多人在排队。

这里应该是出入境审查区，我跟着队伍走。到我了。

"请核对指纹。"

我按指示把手放在指纹验证器上。

反应好慢啊。

我可能是习惯了商联的系统，习惯了管制 AI，新统一羽田机场的老一代机器真的太慢了。我想打哈欠，又忍住了。

要是有管制 AI，只需要一句话的工夫。指纹验证器已经连续错误两回了。

"请准确放置手指。""请把双手张开，放上机器。"

要求真多。

终于，机器吐出了入境凭证。我不由得叹气。机器指示，拿着这个凭证去人工审查柜台就可以了。

我一手抓着凭证，往前走，前方又是长长的队伍。

人很多，审查速度很慢。

队伍一眼看不到头，天哪，我真的回到日本了。

但我现在心花怒放。等嘛，我能忍。等啊等，等到我的心花都谢了一半，终于到我了……真的有些烦了。

"下一位。"

听到冷冰冰的声音，我递出凭证。

审查官眼皮都快抬不起来了，他接过凭证，看了一下，在终端里输入了一下，又看着我："是伊保津明先生吗？"

"啊？对啊。"

我话音刚落。

大门一下就关了，警报响起。

我一惊，还没来得及做出反应。

"确认本人！"

一群全身黑咕隆咚的矮胖墩冲了出来。

虽然比不上巴尔加老鼠，但他们攻势很猛，一下就把我按趴在地。

"伊保津明！现以'特定犯罪'紧急逮捕！"

我被放倒在地，双臂被反剪，动弹不得。

厄古斯武官，你的忠告好像立刻生效了。你啊，我知道你是个实诚人。怎么说呢，你让我觉得狗比人还要亲切。

哈，你说的没错。

贱种的手就是不老实。可这也太快了吧！

不管怎么说，这状况，你要我怎么预测得了啊！

未完待续

后记

早川文库JA的忠实读者们,好久不见。大家久等了,还请原谅。还有同时买了第一、二册的新读者,真心感谢你们。

我是Carlo Zen。顺利写完《烧鸟2》,我感觉身体被掏空了,现在正恍惚地敲着键盘。

回头看后记,我想起了以前的自己,自信爆棚,横冲直撞。但自己写下的东西留下来了,就不能当它不存在。每每翻看,我都感慨万千……有些羞耻,又有些羡慕那个意气风发的自己。自己嫉妒自己,我究竟是正常人呢,还是自恋狂呢?

现在想想,写作时毫不犹豫是我的强项,当然,这也会导致行文疏漏,是个大毛病。或者,这只是一种自大,因为听到读者说我的文字很亲切,我就膨胀了。

也可能是因为我是网络写手出身。因为这一点,我最近一直在烦恼。

我很想,非常想,非常渴望聆听各位读者的感想!

各位看了《烧鸟2》,有什么感想呢?

老实说,我心里忐忑得很……不知道能不能听到大家的感想。我在深夜里放松神经,畅所欲言的时候,(我也是很在意销量的)大家的感想是最能给我写下去的动力的,如果看了大家的留言，我能获得烧好这个"烧鸟"的热情那就太好了。

另外，在这里我还要做一件不擅长的事，虽然有些丢人，但我要向大家道个歉。

在《烧鸟1》的后记里，我写道"在很多人看来，《烧鸟》的主人公明是个背景和脑回路都很怪异的角色"，当时我并没有多想。

现在看来，这话写得太欠考虑了。

一开始写《烧鸟》的时候，我是从"一次性士兵"这个点开始构思的，后面又加上了士兵们被榨干后被抛弃的愤怒。

我是作者，如果明这个角色体现了我的一部分构想就最好了。

但是，那本书上架之后，我老爱上网搜自己的消息……那时，我看到了一些感想，说自己和明有同样的感受。

其中，也有人质疑地问："明怪异吗？"

措辞是很要紧的。那一刻我才反应过来，我恰恰就是在措辞上犯了错。

我还以为自己给读者设定好了解读方式，真是大错特错。

我是以读者感想为参考来创作的。以餐馆来说，我就是为了让熟客满意而各种折腾的顽固大叔。

我只按自己的喜好决定了"明"这个角色的品尝方式，直到随意进店的客人提醒我要让他们自己品尝，我才发现自己完全陷进了自以为是的陷阱里。我太大意了，得好好面壁。

故事脱胎于作者的手，之后被怎么咀嚼、品味都是读者的事。语文考试里会有问作者当时心情的设问，但故事的读法并没有所谓的正确答案。

我之前没注意到对明有同感的读者。对他们，我深表歉意。

幸好是社交媒体时代，我才能看到这样的感想。能听到感想，比什么都强。我不知道大家会不会看这个后记，但我的心意如能传达给有感想的读者那就太好了。

啰里啰唆的，抱歉，但我还要再说一下，就算只是发推特说一下读后感，只要是跟《烧鸟》相关的……我都想看看。

糟事交代完了，来说一下开心的近况。

说说我自己吧，我开始以写作为业，工作慢慢上手了。具体来说，就是责任编辑跟我说"不行"的时候，我能听出"还不行"或"真的不行吗"之间重要的细微差异。

这次的计划是真的真的真的不行……太匆忙了。回过头来反省一下，这计划是完美，但写出来的效果太差，一下就把整体水准拉低了。

我看了重大事故、大型灾难的相关研究，发现重大事故的发生往往是因为人们觉得勉强还能撑，预测过于乐观。

最近，我明白了一个道理，就是要牢记历史智慧，谦虚做人。具体地说，就是别相信自己，要知道自己是个懒虫，是种游手好闲的生物。

然后就是明白计划是自己的敌人，自己要成为百战百胜的作家。

我在这个后记里写了不少自己的迷茫和软弱，可能是因为《烧鸟》这个新系列顺利……起码是写完了，自己思绪也放松了。

创作不是单枪匹马就能完成的事。

近来，"编辑无用论"流传甚广，所以我在此要向各位为此书出过力的工作人员致谢，没有他们，这本书就成不了书，也就无法到达各位的手中。

早川书房的责任编辑奥村不厌其烦地和我在乐雅乐餐厅商量推敲；so-bin为我完美地画好了多足战车的美腿、封面的紫涵插画；校对人员被我弄得手忙脚乱；世古口敦志（coil）帮忙设计了美观的新闻版式；还有漫画家东条千花在百忙之中帮忙宣传。在此，我对各位表示深深的感谢。

还有，我要对乐雅乐餐厅表示歉意和感谢，我太自私了，经常只付饮料钱，点一份巴西莓酸奶就赖着不走。

最后，再次感谢各位读者。

谢谢你们一直陪伴着我，你们的感想一直鞭策、鼓励着我，谢谢你们！希望你们今后也听我的故事。

希望下一册还能见到大家。

拜托各位啦！

卡罗尔·曾（@sonzaix）
2018年3月最后一天